"俄罗斯文学译丛"系

"金色俄罗斯丛书"平装版

穿裤子的云

——马雅可夫斯基诗选

Облако в штанах

Владимир Маяковский

Стихотворения и поэмы

[俄] 马雅可夫斯基 / 著

飞白 / 译

四川人民出版社

图书在版编目（CIP）数据

穿裤子的云：马雅可夫斯基诗选/（俄罗斯）马雅可夫斯基著；飞白译. —成都：四川人民出版社，2021.8

（俄罗斯文学译丛）

ISBN 978-7-220-12320-7

Ⅰ.①穿… Ⅱ.①马… ②飞… Ⅲ.①诗集-俄罗斯-现代 Ⅳ.①I512.25

中国版本图书馆 CIP 数据核字（2021）第 105599 号

CHUANKUZIDEYUN　MAYAKEFUSIJI SHIXUAN

穿裤子的云：马雅可夫斯基诗选

（俄）马雅可夫斯基　著　飞白　译

策划组稿	黄立新　张春晓
责任编辑	张春晓
责任校对	李京京
装帧设计	张迪茗
责任印制	祝　健
出版发行	四川人民出版社（成都槐树街 2 号）
网　　址	http://www.scpph.com
E-mail	scrmcbs@sina.com
新浪微博	@四川人民出版社
微信公众号	四川人民出版社
发行部业务电话	（028）86259624　86259453
防盗版举报电话	（028）86259624
照　　排	四川胜翔数码印务设计有限公司
印　　刷	自贡市华华广告印务有限公司
成品尺寸	140mm×203mm
印　　张	14.25
字　　数	290 千
版　　次	2021 年 8 月第 1 版
印　　次	2021 年 8 月第 1 次印刷
书　　号	ISBN 978-7-220-12320-7
定　　价	89.80 元

致敬“金色俄罗斯丛书”译介团队，感谢所有参与者为传播俄罗斯文学、增进中俄两国人民文化交流而做的努力！

汪剑钊　丛书主编，北京外国语大学外国文学研究所教授，博士生导师。

张建华　北京外国语大学教授，博士生导师。

张　冰　北京师范大学俄语系教授，博士生导师。

赵晓彬　哈尔滨师范大学斯拉夫语学院副院长，教授，博士生导师。

杨玉波　哈尔滨师范大学斯拉夫语学院副教授，文学博士。

郑艳红　中国社会科学院文学博士，绥化学院外国语系教师。

张　猛　北京外国语大学外国文学研究所博士。

李　莉　北京师范大学文学博士，杭州师范大学教授。

顾宏哲　辽宁大学俄语系副教授，硕士生导师。

赵艳秋　复旦大学俄语系副主任，文学博士。

侯玮红　中国社会科学院外国文学研究所俄罗斯文学研究室主任，文学博士。

池济敏　四川大学外国语学院副院长，副教授，文学博士。

飞　白　云南大学外语系教授，浙江省比较文学与外国文学学会名誉会长。

黄　玫　北京外国语大学俄语学院教授，博士生导师。

杨晓笛　北京外国语大学博士，太原理工大学教师。

李玉萍　洛阳理工学院外国语学院教师，文学博士。

王立业　北京外国语大学俄语学院教授，博士生导师。

邱　鑫　黑龙江大学俄语学院文学博士。

郭靖媛　北京大学世界文学研究所博士。

薛冉冉　浙江大学外语学院副教授，博士。

温玉霞　西安外国语大学俄语学院教授，博士生导师。

潘月琴　北京外国语大学俄语学院副教授，博士。

余　翔　北京外国语大学外国文学研究所博士。

李春雨　厦门大学外文学院助理教授、博士。

董树丛　山东文艺出版社编辑，文学硕士。

冯昭玙　浙江大学外文系教授。

杜　健　北京师范大学俄语语言文学专业博士。

韩宇琪　北京师范大学俄语语言文学专业博士。

徐　琪　厦门大学外文学院教授，文学博士

徐曼琳　四川外国语大学俄语系教授，文学博士。

欢迎更多的译者加入“金色俄罗斯丛书”……

（按译作出版时间排序。）

四川人民出版社　文学出版中心

金色的"林中空地"（总序）

汪剑钊

2014 年 2 月 7 日至 23 日，第二十二届冬奥会在俄罗斯的索契落下帷幕，但其中一些场景却不断在我的脑海回旋。我不是一个体育迷，也无意对其中的各项赛事评头论足。不过，这次冬奥会的开幕式与闭幕式上出色的文艺表演给我留下了深刻的印象，迄今仍然为之感叹不已。它们印证了一个民族对自身文化由衷的热爱和自觉的传承。前后两场典仪上所蕴含的丰厚的人文精髓是不能不让所有观者为之瞩目的。它们再次证明，俄罗斯人之所以能在世界上赢得足够的尊重，并不是凭借自己的快马与军刀，也不是凭借强大的海军或空军，更不是凭借所谓的先进核武器和航母，而是凭借他们在文化和科技上的卓越贡献。正是这些劳动成果擦亮了世界人民的眼睛，引燃了人们眸子里的惊奇。我们知道，武力带给人们的只有恐惧，而文化却值得给予永远的珍爱与敬重。

众所周知，《战争与和平》是俄罗斯文学的巨擘托尔斯泰所著的一部史诗性小说。小说的开篇便是沙皇的宫廷女官安娜·帕夫洛夫娜家的舞会，这是介绍叙事艺术时经常被提到的一个经典性例子。借助这段描写，托尔斯泰以他的天才之笔将小说中的重要人物一一拈出，为以后的宏大叙事嵌入了一根强劲的楔子。2014 年 2 月 7 日晚，该届冬奥会开幕式的表演以芭蕾舞的形式再现了这一场景，令我们重温了“战争”前夜的“和平”魅力（我觉得，就一定程度上说，体育竞技堪称是一种和平方式的模拟性战争）。有意思的是，在各国健儿经过数十天的激烈争夺以后，2 月 23 日，闭幕式让体育与文化有了再一次的亲密拥抱。总导演康斯坦丁·恩斯特希望“挑选一些对于世界有影响力的俄罗斯文化，那也是世界文化遗产的一部分”。于是，他请出了在俄罗斯文学史上引以为傲的一部分重量级人物：伴随拉赫玛尼诺夫第二钢琴协奏曲的演奏，普希金、果戈理、屠格涅夫、托尔斯泰、陀思妥耶夫斯基、契诃夫、马雅可夫斯基、阿赫玛托娃、茨维塔耶娃、布尔加科夫、索尔仁尼琴、布罗茨基等经典作家和诗人在冰层上一一复活，与现代人进行了一场超越时空的精神对话。他们留下的文化遗产像雪片似的飘入了每个人的内心，滋润着后来者的灵魂。

美裔英国诗人 T. S. 艾略特在《诗的作用和批评的作用》一文中说：“一个不再关心其文学传承的民族就会变得野蛮；一个民族如果停止了生产文学，它的思想和感受力就会止步不前。一个民族的诗歌代表了它的意识的最高点，代表了它最强大的力量，也代表了它最为纤细敏锐的感受力。”在世界各民族中，俄罗斯堪称最为关心自己“文学传承”的一个民族，而它辽阔的地理特征则为自己的文学生态提供了一大片培植经典的金色的“林中空地”。迄今，在这片土地上生根发芽并长成参天大树的作家与作品已不计其数。除上述提及的文学巨匠以外，19 世纪的茹科夫斯基、巴拉廷斯基、莱蒙托夫、丘特切夫、别林斯基、赫尔岑、费特等，20 世纪的高尔基、勃洛克、安德烈耶夫、什克洛夫斯基、普宁、索洛古勃、吉皮乌斯、苔菲、阿尔志跋绥夫、列米佐夫、什梅廖夫、波普拉夫斯基、哈尔姆斯等，均以自己的创造性劳动进入了经典的行列，向世界展示了俄罗斯奇异的美与力量。

中国与俄罗斯是两个巨人式的邻国，相似的文化传统、相似的历史沿革、相似的地理特征、相似的社会结构和民族特性，为它们的交往搭建了一个开阔的平台。早在 1932 年，鲁迅先生就为这种友谊写下一篇“贺词”——《祝中俄文字之交》，指出中国新文学所受的“启发”，将其看作自己的“导师”和“朋友”。20 世纪 50 年代，由于意识形态的接近，中国与俄国在文化交流上曾出现过一个“蜜月期”，在那个特定的时代，俄罗斯文学几乎就是外国文学的一个代名词。俄罗斯文学史上的一些名著，如《叶甫盖尼·奥涅金》《死魂灵》《贵族之家》《猎人笔记》《战争与和平》《复活》《罪与罚》《第六病室》《丽人吟》《日瓦戈医生》《安魂曲》《没有主人公的叙事诗》《静静的顿河》《带星星的火车票》《林中水滴》《金蔷薇》和《钢铁是怎样炼成的》等，都曾经是坊间耳熟能详的书名，有不少读者甚至能大段大段背诵其中精彩的章节。在一定程度上，我们可以说，翻译成中文的俄罗斯文学作品已构成了中国新文学的一个重要组成部分，成为现代汉语中的经典文本，就像已广为流传的歌曲《莫斯科郊外的晚上》《三套车》《喀秋莎》《山楂树》等一样，后者似乎已理所当然地成为中国的民歌。迄今，它们仍在闪烁金子般的光芒。

不过，作为一座富矿，俄罗斯文学在中文中所显露的仅是冰山一角，大量的宝藏仍在我们有限的视域之外。其中，赫尔岑的人性，丘特切夫的智慧，费特的唯美，洛赫维茨卡娅的激情，索洛古勃与阿尔志跋绥夫在绝望中的希望，苔菲与阿维尔琴科的幽默，什克洛夫斯基的精致，波普拉夫斯基的超现实，哈尔姆斯的怪诞，等等，大多还停留在文学史上的地图式导游。为此，作为某种传承，也是出自传播和介绍的责任，我们编选和翻译了这套“金色俄罗斯丛书”，其目的是进一步挖掘那些依然静卧在俄罗斯文化沃土中的金锭。可以说，被选入本丛书的均是经过了淘洗和淬炼的经典文本，它们都配得上“金色”的荣誉。

行文至此，我们有必要就“经典”的概念略做一点说明。在汉语中，“经典”一词最早出现于《汉书·孙宝传》：“周公上圣，召公大贤。尚犹有不相说，著于经典，两不相损。”汉朝是华夏民族展示凝聚力的重要朝代，当时的统治者不仅实现了政治上的统一，而且也希望在文化上设立标杆与范型，亟盼对前代思想交流上的混乱与文化积累上的泥沙俱下状态进行一番清理与厘定。客观地说，它取得了一定的成效，虽说也因此带来了“罢黜百家”的重大弊端。就文学而言，此前通称的“诗三百”也恰恰在那时完成了经典化的过程，被确定为后世一直崇奉的《诗经》。关于“经典”的含义，唐代的刘知幾在《史通·叙事》中有过一个初步的解释：“自圣贤述作，是曰经典。”这里，他将圣人与前贤的文字著述纳入经典的范畴，实际是一种互证的做法。因为，历史上那些圣人贤达恰恰是因为他们杰出的言说才获得自己的荣名的。

那么，从现代的角度来看，什么是经典呢？商务印书馆出版的《现代汉语词典》给出了这样的释义：1. 指传统的具有权威性的著作：博览经典。2. 泛指各宗教宣扬教义的根本性著作。不同于词典的抽象与枯涩，意大利著名作家卡尔维诺归纳出了十四条非常感性的定义，其中最为人称道的是其中两条：其一，一部经典作品是一本每次重读都像初读那样带来发现的书；一部经典作品是一本即使我们初读也好像是在重温的书。其二，经典作品是一些产生某种特殊影响的书，它们要么自己以遗忘的方式给我们的想象力打下印记，要么乔装成个人或集体的无意识隐藏在深层记忆中。参照上述定义，我们觉得，经典就是经受住了历史与时间的考验而得以流传的文化结晶，表现为文字或其他传媒方式，在某个领域或范围具有一定的权威性和典范性，可以成为某个民族、甚或整个人类的精神生产的象征与标识。换一个说法，每一部经典都是对时间之流逝的一次成功阻击。经典的诞生与存在可以让时间静止下来，打开又一扇大门，带你进入崭新的世界，为虚幻的人生提供另一种真实。

或许，我们所面临的时代确实如卡尔维诺所说："读经典作品似乎与我们的生活步调不一致，我们的生活步调无法忍受把大段大段的时间或空间让给人本主义者的悠闲；也与我们文化中的精英主义不一致，这种精英主义永远也制定不出一份经典作品的目录来配合我们的时代。"那么，正如沙漠对水的渴望一样，在漠视经典的时代，我们还是要高举经典的大纛，并且以卡尔维诺的另一段话镌刻其上："现在可以做的，就是让我们每个人都发明我们理想的经典藏书室；而我想说，其中一半应该包括我们读过并对我们有所裨益的书，另一些应该是我们打算读并假设对我们有所裨益的书。我们还应该把一部分空间让给意外之书和偶然发现之书。"

愿"金色俄罗斯"能走进你的藏书室，走进你的精神生活，走进你的内心！

译 序

符拉季米尔·马雅可夫斯基（Владимир Маяковский，1893—1930），在20世纪世界诗坛上是最著名的诗人之一。他还是艺术多面手：他画插图、主编刊物、创作戏剧、编导和主演电影（那还是电影艺术初创、卓别林刚出道之时）。

20世纪作为一个空前巨变的世纪载入历史。众所周知，科学技术发展到20世纪出现惊人的突飞猛进，从根本上改变了社会生活各个方面，甚至导致了人的异化；资本主义发展到20世纪则引发了重重危机乃至世界大战。在此背景下，20世纪初现代主义文艺思潮异军突起，紧接着十月社会主义革命爆发，开始一场空前规模的社会实验和探索，揭开了世界历史新篇章。而马雅可夫斯基是特别敏感的诗人，他恰逢其时，对现代主义文艺和社会主义革命，都第一时刻投身其中，以叛逆的姿态、“在场”的资格和高扬的激情，在20世纪来到人间之际录下了时代公共的和个人私密的心跳和脉搏。

马雅可夫斯基1893年生于当时俄国统治下的格鲁吉亚库塔伊西省巴格达地村一个护林员家庭。十三岁时父亲突然病故，母亲卖光桌椅板凳，带着三个孩子（他和两个姐姐）来到莫斯科，靠给大学生包饭和每月区区十卢布抚恤金艰难度日。马雅可夫斯基上到中学五年级因交不起学费而辍学。在大学生们影响下，少年马雅可夫斯基读了黑格尔和马克思主义著作，十五岁就加入社会民主工党（布尔什维克）并被选入莫斯科市委，做了一年地下工作。曾先后三次被捕，最长的一次在单人牢房坐牢十一个月，利用这段时间他倒读了不少文学书，并在狱中创作了整整一本诗集。后来他自认为写得很糟，模仿象征派风格而缺乏创造性，“感谢狱吏们在我出狱时把它没收了”。

出狱后经认真考虑，马雅可夫斯基选择了脱离党的工作，转而学诗学画。他进实用美术学校（因这里不需要政审就能入学），结识布尔柳克、赫列勃尼可夫等朋友，1912 年共同发表俄国立体未来主义宣言，出版第一本未来主义诗集《给社会趣味一个耳光》。1914 年马雅可夫斯基等被逐出学校，几个诗友开始周游各地，到处朗诵诗和演讲，经常挨饿，露宿林荫路上，且不断有诗作发表。1915 年结识莉莉亚·布里克和她的丈夫奥西普·布里克，他在奥西普帮助下出版了早期代表作长诗《穿裤子的云》。

1917 年俄国爆发社会主义十月革命，马雅可夫斯基积极投身革命，并在武装起义指挥部见到过列宁。之后，在列强武装干涉苏维埃俄罗斯与国内战争的最艰苦时期，他参加“罗斯塔”即俄罗斯通讯社工作，日以继夜地绘制数以千计的巨幅宣传诗画，张贴在当时全空（没有商品）的街边橱窗里，称为“罗斯塔之窗”。

未来主义是现代主义文学中表现最激进反传统的流派，1909 年发轫于意大利，影响扩散到多国，在俄国取得的成就最大，马雅可夫斯基后来成为俄国未来主义主要代表诗人。1923年马雅可夫斯基组织领导未来主义文艺社团“左翼艺术阵线”（ЛЕФ，音译“列夫”），主编《列夫》杂志，参加者有帕斯捷尔纳克等诗人。

这些年轻的未来主义者偏爱现代科技、速度和力量，标榜离经叛道，掀起一场诗歌语言革命。之前，主导白银时代诗坛的象征主义把词语看作暗示和导向神秘彼岸世界的象征符号，未来主义对象征主义发动反叛，与俄国形式主义的“陌生化”理论联手，致力于恢复“词自身”给人的新鲜感受。他们打破传统词法句法，特别强调词语的音响，主张诗人有任意支配语言、任意造词和派生词的自由，以求把词语从僵化的传统语言和象征主义的神秘意义中解放出来。以马雅可夫斯基为代表的俄国未来主义和以罗曼·雅各布森、什克洛夫斯基为代表的俄国形式主义相配合，通过布拉格学派和法国结构主义的演绎发展，对现代语言学发生重要影响，最终导致20世纪人文学科的“语言学转向”。

各国未来主义者的政治倾向不同。意大利未来主义在马利奈蒂带领下走向法西斯主义，而马雅可夫斯基领军的俄国未来主义左翼（立体未来主义）则坚决投身社会主义革命，成为未来主义中影响最大的一支。对于批评者不分青红皂白的批判，马雅可夫斯基辩驳道：“批评家们混淆了不可混淆的事物，为了一个自称未来派者的罪过而追究整个流派。为了橙子皮厚而责骂杏子，仅仅因为二者都是果子。”他认为只有“材料的形式上的加工”是各国未来主义间的共同点。而事实上就连形式也同中有异。

未来主义诗艺突出强调形式创新，以此体现时代的剧变和突入未来的精神，所表现的当然不仅仅是形式。天才革新家马雅可夫斯基的表现手法包括夸张、变形、出人意料的拼接和逆反，令人耳目一新。他塑造的艺术形象往往奇幻荒诞，游走在现实与梦幻的边缘。他和卡夫卡1915年不约而同地发表了《我是怎么变做狗的》和《变形记》这两篇天才作品，都通过变形的隐喻，淋漓尽致地抒写了人被异化的命运悲剧（由此也能见未来主义和表现主义的相通之处）。因作者的性格差异，马雅可夫斯基在《我是怎么变做狗的》中表现对被异化的不甘，而卡夫卡在《变形记》中表现对被异化的逆来顺受，但两篇作品的主人公都同样陷入了人际无法沟通全然孤立的困境。

在词语革新方面，马雅可夫斯基着力清除用俗用滥了的"诗意"词汇，而把大量现代口语、俗语、新词语（如"税率"、"财务检查员"、"苯胺紫"）纳入诗中，他爱新造词汇和派生词，拒用常规的诗语组合，代以出人意表的全新组合。他的诗歌语言体现开创气概、粗犷力度和敏感的内心抒情，具有鲜明个性风格。但在新造词语方面他不像赫列勃尼可夫走得那么远，赫列勃尼可夫造词往往完全摆脱指称意义而走向非理性，成为不可读解的音响游戏，因强调词语至极端，结果反成"失语"。马雅可夫斯基的词语革新变形有很好的陌生化效果，却都是可以读解的。

马雅可夫斯基在格律上突破传统，他的诗气势浩荡，含有剧烈运动和突然休止，若填入传统诗律的框框，"就挤破了"。因此他独创了别具一格的"楼梯诗"：把每个长行切分为数量不等的几个"梯级"，固然其中仍潜在"扬抑""抑扬"等音步节奏，但源自谣曲和民歌的"重音诗律"因素占优势。因采用楼梯诗形式，他诗中波浪化的节奏在视觉上也得到了直观呈现，尤其适合朗诵的需要。

马雅可夫斯基的“楼梯诗”形式因中译文可以重现，在我国已广为人知且为许多诗人所采用。但是马雅可夫斯基式的押韵，作为其诗艺更鲜明更重要的特色，却难以通过译文重现，因而在我国鲜为人知。所以要着重说明一下，以免抹杀了这位“奇句险韵的制造家”。

未来主义者都特别重视词的音响，而马雅可夫斯基做诗的功夫则聚焦在韵脚上。他经常心醉神迷，一天到晚嘴里念念有词地寻找和试验新奇的韵脚。他形容吟诗找韵之难，就像居里夫人提炼镭一样（从几吨沥青铀矿中提炼出了十分之一克）。为什么如此难呢？原来他拒绝已被用俗用滥的韵脚，他声称“我所押的韵几乎总是异乎寻常的，起码是在我之前无人用过，并且在韵书里也没有的”。

世界上真有“无人用过”的韵脚吗？这又需要专门解释了，原来马雅可夫斯基用韵完全超出我们所谓“合辙押韵”的概念。他惯于把最有特色的字眼（如人名地名、外语词等）、最具冲击力的字眼或“诗眼”放在行末（为此往往采用倒装句法），并押上巧妙的韵，即把多音节词或整个词组都押上元音辅音复合谐声的韵。[1] 由于汉语一字一音节的性质，这种“韵”在中译文中几乎无法仿制。碰上运气好可能模拟一二，如：“加利费——喝咖啡”，“莱蒙托夫——还真托福”，“布鲁塞尔——加塞儿”，“塞尚——官衔直上”，“大西洋——不像样”，“yes——也是”等，但巧妙程度总比原文略逊一

1 因我国读者中俄语不很普及，可用英语举例说明：在英诗中也偶尔可见类似诗艺，如拜伦用“ladies intellectual”和“hen pecked you all”押韵，“kissed her”和“sister”押韵，勃朗宁用“what it all meant”和“installment”押韵等即是。但要设计一对巧妙的谐声韵很不容易，无人能像马雅可夫斯基那样全面地大批量地运用。

筹，而要仿照马雅可夫斯基原文那样全面应用，则根本没有可能。马雅可夫斯基自己也说："译诗是难事，译我的诗尤其难"，"只有融会贯通原文语言才能领悟其妙趣，它像文字游戏一样，几乎是不可译的。"

为了寻找巧妙的谐声韵，马雅可夫斯基花费大量劳动，他认为"最天才的一着是不能在第二盘棋的同样形势下重复的。只有出人意外的棋才能战胜对手，和诗里出人意外的押韵完全一样"。"为了搜寻出人意外的韵脚我花去我的全部时间。我每昼夜在它们身上花十到十八个小时，嘴里几乎永远在念念有词。因为在这方面全神贯注，诗人总以心不在焉惹人笑话。""那种我正在捕捉但还没有揪住尾巴的韵脚弄得我整天不得安生，说话不知其意，吃饭不知其味，睡觉不能合眼，几乎能看到那个韵脚在眼前飞。"如此千辛万苦提炼出来的巧妙韵脚，在译文里却只能体现百分之一二，这是译者最感无奈的憾事，也使得译文终究难与原文并肩。

这样，马雅可夫斯基创造了视觉上、听觉上和风格上都独树一帜，带个人鲜明标记和冲击力的诗歌语言。他属典型的豪放派，也有豪放和私密（婉约）话语的交融，这一特征在杰出的豪放派诗人如苏轼、辛弃疾、惠特曼身上都可见到。

在政治方面，俄罗斯白银时代诗人群中，马雅可夫斯基大概是与布尔什维克十月革命最靠近的一人。革命发生前他自己处于食不果腹的贫民阶层，加以他未来主义的诗歌理念充满前卫性，与革命向往非常合拍，至少在他自己看来未来主义和社会主义革命是完全一致的，如他在《致谢尔盖·叶赛宁》一诗中出色地表达：

前进吧！让时间/像炮弹/在我们背后爆炸。向旧时代飘的/唯有那/随风飞扬的/头发。

为了欢乐/我们的星球/装备得还很欠缺。应当/从未来的日子/夺取欢乐……

很自然地，马雅可夫斯基把十月革命称作“我的革命”。而且水兵们攻打冬宫时，唱的也正是马雅可夫斯基作的歌：“吃你的波罗蜜，嚼你的松鸡，你的末日到了，资产阶级！”十月革命后马雅可夫斯基以全副热情投入工作，他为“罗斯塔之窗”创作大量宣传讽刺诗，其中四百首由他自己配画，每幅画如墙面四分之一大小，每首诗要配画十余幅，共绘制了约五千幅，因缺印刷条件，全部要手工绘制并复制。此外他还至少作诗一千首由别人配画。他回忆道：“对于把共和国面临的艰巨任务当作自己任务的诗人来说，不是什么八小时工作日的问题，十六小时、十八小时工作日是家常便饭。我们常常半夜两三点钟才睡，不枕枕头而枕一块木柴，……因为怕睡过了点。”

在新经济政策的年代里，他一面写史诗性长诗《列宁》和《好！》，一面也不嫌“屈尊”写诗广告和关心群众生活具体困难的诗。对好事他热情赞扬，对不良现象疾恶如仇，如他在悼念叶赛宁的诗中说的：

丑恶的东西/目前/消灭得还少。事情太忙，时间/总不够用。先要/把生活改造，改造了/才好歌颂。

这段时间/是不大好写，难于下笔。可是你们说说，患精神残疾的男女，——何时/何地/哪个伟人能选一条路，这条路/踩得一溜平，走起来很轻易？

十月革命后，马雅可夫斯基的未来主义也有发展，加强了现实主义成分。未来主义本来只强调形式而鄙视模写现实，但马雅可夫斯基从未走向形式主义，他的诗要贴近群众服务革命、反映现实介入现实，这就使他不同于意大利未来主义或俄国未来主义右翼的自我未来主义。他十月革命后的诗密切关注现实主题，同时仍充分发扬未来主义的诗艺特色，从而形成独树一帜的风格。此时他也纠正了年轻的偏激。他们1915年的激进纲领曾扬言要“把普希金、陀思妥耶夫斯基、托尔斯泰从现代生活的轮船上扔出去”，成熟的马雅可夫斯基却写诗向普希金、莱蒙托夫等致敬，强调自己和前辈大师的共同点。

可见马雅可夫斯基的白银时代诗歌与苏维埃时代诗歌间有密切的衔接关系，前后血脉相连。但他抒情性的私密话语和公共性的宏大话语间仍存在一定矛盾。例如他曾忍痛割去《回家去!》一诗的“抒情尾巴”：“我愿祖国了解我，/但得不到了解，又算得了什么？/我就乘着斜风，/化一阵飞雨，/在祖国旁边/轻轻飘过。”显示出他有羞于坦露并主观抑制自己抒情性的一面，以服从宏大话语。

他的这一矛盾，我们要放在20世纪20年代社会政治背景下才看得明白。原来，当时马雅可夫斯基尽管名声很大，却始终被视为异类，常常遭围攻成为众矢之的。有人骂马雅可夫斯基为无产阶级服务，破坏诗歌传统，另一些人骂他是“超级个人主义者”，表现“资产阶级情调的垂死挣扎”；有人指责他写抒情、爱情的“个人主义题材”，另一些人指责他写政治题材，是“大红布牌粗制滥造的押韵面条”；有人指责他脱党，另一些人指责他不折不扣地对党忠诚；一大批人都宣称他才气已尽，“作为诗人他已经死了”，他的作品和照片被抛出图书馆，他的新书被“拉普”机关刊物《在文学岗位上》

特别刊登在“不推荐书目”专栏；《红色处女地》的主编宣称“马雅可夫斯基永远不能使人相信他是社会主义革命诗人”；申格力教授出了一部专著叫作《马雅可夫斯基全面观》，评论说“他思想贫乏，眼界狭窄，怀疑病兼神经衰弱症，技巧也很差，他毫无疑问地有愧于时代，时代对他也必将弃若弊屣”；一度与马雅可夫斯基交往密切的结构派领导人谢里文斯基也说：“马雅可夫斯基是不再能引起宗教情绪的诗文。”

马雅可夫斯基在《塔玛拉与恶魔》一诗中曾这样形容他的境况：“在莫斯科挨打/凶得多，不能比！——从楼上打到楼底，/你算算楼梯/有多少级?”陷于四面受敌的环境，一方面是由于出头的椽子先烂，另方面也是他自己标新立异和爱挑衅的性格造成的。年轻气盛时未来主义者穿黄色上衣，口出狂言，自我标榜为异类，并故意惹怒对方，诗朗诵会上论战是不可或缺的事。成名后他仍喜欢周游各地朗诵诗，他有演员和即兴表演的才能，他浑厚的男低音又具有特别的磁性和表现力，所以马雅可夫斯基朗诵会的海报总能吸引许多青年人顶风冒雪前来参加。朗诵会后回答问题是趣味环节也是一道风景线，马雅可夫斯基积攒的提问条子多达近两万张。有多个亲历者回忆马雅可夫斯基朗诵会的热闹：除诗歌爱好者提问外，有众多反对派用嘲弄和挑衅问题向他进攻，而马雅可夫斯基则以机智的回答迅速反击，使对手在哄堂大笑中败下阵去：

“马雅可夫斯基，你的诗不叫人温暖，不令人激荡，根本不感染人!”

“我的诗不是煤炉，不是大海，也不是鼠疫。”

“马雅可夫斯基，我的朋友们都说：读你的诗一点都读不懂!”

“奉劝你，应当交聪明的朋友嘛!”

“马雅可夫斯基！你自命为无产阶级诗人，可是你老是写我，我，我!”

“哦，你向姑娘求爱的时候，一定是说‘我们爱你’咯？姑娘还不得不反问一声你们几个人啊?”

“马雅可夫斯基，你在俄国文学圈中自我感觉怎么样?”

“挺宽敞的，不挤。”

“马雅可夫斯基，你说你在俄罗斯人之中觉得你是俄罗斯人，在格鲁吉亚人之中觉得你是格鲁吉亚人。那么你在傻瓜之中觉得你是个什么呢?”

“在傻瓜之中我还是第一次。”

一个矮胖子激愤地爬上了台：“马雅可夫斯基！我必须提醒你一句：从伟大到可笑只有一步之差，[1] 这是连拿破仑都懂得的!”

话音未落，马雅可夫斯基已迈开长腿，一大步跨到了对手跟前：“倒没错，刚好一步之差。”

这是他状态良好时候的写照。马雅可夫斯基年轻气盛时“求异”，年长后他已经试图求同存异，文学界对他却拒不认同，坚持“排异”。马雅可夫斯基个性强而情绪化，易冲动也易受伤。无休无止的攻击最终导致了“金属”疲劳和断裂。

1930 年 4 月 14 日，马雅可夫斯基在莫斯科的工作间里开枪自杀。

——由于他平时表现阳刚豪放，消息传出完全出乎公众意料。

---

1 “从伟大到可笑只有一步之差”，是拿破仑从俄罗斯败退后说的。

曾几何时，1925 年诗人叶赛宁自杀后他还写过致叶赛宁的诗，以坚韧奋斗的美来抗衡叶赛宁绝命诗中死得轻松的美。他怎么也会走上同一条路呢？这对大家是一个谜。

1930 对马雅可夫斯基可谓流年不利。马雅可夫斯基自命为忠诚的无产阶级作家，但“拉普”（即“俄罗斯无产阶级作家协会”）和报刊一直不认他为革命同志，而把他贬为苏维埃政权的“同路人”。20 世纪 20 年代是苏联文艺界的百家争鸣时代，在众多文学社团中“拉普”占强势，但宗派主义严重，排斥打击被视为非无产阶级出身的作家，马雅可夫斯基是他们的重点打击对象。马雅可夫斯基则不卖“拉普”的账，他组织未来主义文学社团“列夫”（即“左翼艺术阵线”，后改组为“革命艺术阵线”）。马雅可夫斯基的个性本是不通融的，但 20 年代后期“拉普”在党中央支持下逐步掌握了文学界领导权，马雅可夫斯基为照顾大局而终于妥协，于 1930 年初退出“列夫”加入“拉普”。但他这一举措没能改变“拉普”领导人对他的敌视态度，却被他的未来主义伙伴视为背叛，结果他反倒落入了众叛亲离的孤立境地。

马雅可夫斯基的讽刺作品常惹人不快，就连他的“正诗”也总带讽刺性。他说：“我毕生努力的不是写些漂亮东西来取悦人们的耳朵，我的一切所作所为总是和大家过不去。”当时，他批判官僚奉迎、浮夸风的讽刺剧《澡堂》即将上演，但尚在排演中就已被“拉普”理论家否定，“拉普”认为现在应该写的是“反右倾”主题。《澡堂》首演遭到失败，观众大喝倒彩，报纸粗暴酷评。

马雅可夫斯基想要证明自己，便费尽心血筹办“马雅可夫斯基工作 20 年展览会”，希望展示自己 20 年的累累成果以求肯定。他说："我为什么要办这个展览会呢？其原因是，由于我好干架的性格，给我扣上了那么多的帽子、加上了那么多存在的和不存在的罪状，以致有时我觉得最好能躲到什么地方去蹲上两年，只求听不到辱骂就好了。"

20 年来他创作了大量的诗、戏剧、电影和宣传诗画，他朗诵诗、做报告和讲座的足迹遍及苏联各地和欧美多国。虽然展览会收集的材料还零碎不全，但看起来已经像是展出了"整整一个工厂的产品"，很难置信是一个人制造的成果。但"拉普"、"列夫"和有关当局全都冷落他，展览开幕时，"拉普"方面除了法捷耶夫、"列夫"方面除布里克和什克洛夫斯基两个朋友到场外，邀请的文学界名人、国家领导人和有关部门负责人都没有出席。报刊保持沉默，只有"拉普"机关报发了抨击文章且得到《真理报》的转载。《出版与革命》杂志本拟发文庆贺他 20 年成果的，也突然撤下了已发排的祝贺文章和马雅可夫斯基像。

接踵而来的打击严重挫伤了马雅可夫斯基的自尊心。他疲劳过度，情绪低落，眼光无神，喉咙沙哑，看起来完全不像意气昂扬的他自己了。之前，他曾以吟游诗人身份在四年间走遍全国五十多个城市，每天到几个工厂、学校、部队去朗诵加答问，直接与群众打成一片。在遭刊物抵制的情况下这种直接沟通对他尤显重要。因病失掉他自豪的嗓音对他是又一沉重打击。马雅可夫斯基自杀前两天参加最后一次读者见面会，会场发出的无礼叫喊使他心寒。

马雅可夫斯基看起来像是"金属制成的"，但金属也会疲劳而断裂，他内心其实孤独而脆弱。诗人叶甫图申科说："马雅可夫斯基的巨大不是装出来的而是天生的。马雅可夫斯基以他的巨大遮盖了他的无助，致使他的无助罕为人见，尤其是从观众席上看不见。”对社会现状忧心忡忡加上如今自己的孤立无助，原来斗志昂扬的他已无心恋战。他年轻时写《我是怎么变做狗的》那个荒诞幻境，这时竟完全变成了写实。

对马雅可夫斯基的又一重打击来自婚恋的挫折。

马雅可夫斯基终身未婚，但有多次情史且比较曲折复杂。伴随马雅可夫斯基最久的情人是莉莉亚·布里克。马雅可夫斯基于 1915 年结识她时，她已与奥西普·布里克结婚，马雅可夫斯基朗诵了长诗《穿裤子的云》，布里克夫妇被这位青年诗人的天才震撼，奥西普帮助马雅可夫斯基出版，而莉莉亚是个多情女子，她立即施展自己的才能和魅力将诗人俘获，使马雅可夫斯基“不可救药地”落入了情网。结果是布里克夫妇和马雅可夫斯基三个朋友形成了一个奇特“家庭”。时值大革命时期，这也算一种反传统的行为方式吧。

马雅可夫斯基不缺女粉丝，但众多爱慕者并不受诗人待见，而虽不漂亮却聪明热辣且爱折磨人的莉莉亚却成了他的缪斯。莉莉亚甚至说：“折磨折磨马雅可夫斯基对他大有好处，可以促使他写出好诗来。”马雅可夫斯基确实为莉莉亚写了许多爱情诗，他送莉莉亚的指环上刻着用莉莉亚姓名缩写“ЛЮБ”组成的“三字母诗”：因指环是环形的，转着圈儿读就构成了俄语“ЛЮБЛЮ”即“我爱”（献给莉莉亚的一首长诗也以《我爱》为题）。奥西普对他的浪漫妻子很宽容，倒是马雅可夫斯基妒忌心很强，不满足于三角关系而想叫莉莉亚改嫁给他，但莉莉亚不答应。

如此过了几年，他们三角关系的张力场已难继续维持，加以莉莉亚有时还另找情人，使马雅可夫斯基更加崩溃。1924 年他就在诗中透露“连恋爱都已山穷水尽”，并因自己大龄而急于另找结婚对象。1928 年马雅可夫斯基在巴黎遇到并爱上俄侨姑娘塔姬雅娜·雅可夫列娃而一往情深，回国暂别前向花店订购每周一次长期给她送花（他死后还送了多年）。但因如今布里克夫妇开销都靠马雅可夫斯基稿费供应，莉莉亚怕他到法国去和塔姬雅娜结婚。马雅可夫斯基此前频繁出国从未遇到过阻碍，但 1929 年秋申请赴法国竟得不到批准。因莉莉亚与安全部门关系密切，人们推测可能是她通过安全部门做了干预（固然这属于马雅可夫斯基所称的“流言”）。

为了安抚和拴住沮丧郁闷的马雅可夫斯基，莉莉亚另给他介绍年轻美貌的女演员薇洛妮卡·波隆斯卡娅，但她也是已婚。1929 年底马雅可夫斯基获知塔姬雅娜即将另嫁的消息，显得非常神经质；然后他开始转向薇洛妮卡，急于要她办离婚手续，而后者尚在犹豫不决。马雅可夫斯基自杀的当天早晨请薇洛妮卡来商谈，薇洛妮卡来了，马雅可夫斯基求她留下，但薇洛妮卡忙着要赶到剧院去排戏不能耽误。她刚出门，就听到背后枪声响了。

马雅可夫斯基似乎是在绝望中寻求一点安慰，但即便薇洛妮卡给予安慰也不一定能挽救他。马雅可夫斯基衣袋里装着两天前已经写好的遗书：

致大家：

我死了，不要怪罪任何人，也请勿传播流言。死者对此很不喜欢。

妈妈、两位姐姐和同志们，原谅我，——这不是办法（我不希望别人这样做），但我已没有出路。

莉莉亚，爱我吧。

政府同志：我的家属是莉莉亚·布里克、妈妈、两位姐姐和薇洛妮卡·波隆斯卡娅。如能对她们生活稍加照顾，我就谢谢了。

请把我写作中的诗稿交给布里克夫妇，他们会搞清楚的。

所谓刺激性事件/带着辣味，

爱的小舟/已在生活中撞碎。

我与你已经两讫/何必细细开列

彼此间的伤痛/委屈/所受的罪。

祝生者幸福。

符拉季米尔·马雅可夫斯基

马雅可夫斯基终年三十六岁。诗人之死震撼了俄罗斯，告别的人群三天川流不息。大大超出丧事组织者预料的是，自发为马雅可夫斯基送葬的人达数十万，造成秩序十分混乱。

帕斯捷尔纳克的悼诗写道：

你睡着，被褥铺在流言蜚语上睡，/你睡着，一阵颤动，从此安静，——挺拔俊美，二十二岁，/被你四部曲的预言所言中。

你睡着，以你的全部高速/向前猛冲，切入、跨入、突入/焕发青春的传说之丛。/你的枪响就像埃特纳火山/爆发在怯懦的丘陵群包围之中。

而茨维塔耶娃说："谈起马雅可夫斯基，要记住的不仅是这个世纪，我们还必须时时记住下个世纪。世界上第一位群众诗人留下的空缺是不可能很快得到填补的。不仅是我们，而且可能包括我们的孙辈，要面对马雅可夫斯基时都不是朝向过去，而是不得不朝向未来。

“当我说‘群众喉舌’时，我所见到的要么是人人有马雅可夫斯基身材、步伐和力量的古代，要么是人人都将会如此的未来。至于当代嘛，起码在感觉领域里，当然是格立弗进小人国，全是小人，只不过非常之小。

“马雅可夫斯基以他高速的脚步远远超出了我们的现代，他还将久久地在某个转折处等待我们。”

马雅可夫斯基对20世纪和未来世界的诗歌影响巨大。英国哲学家和政治思想家以赛亚·伯林评论马雅可夫斯基说：“他即使不是一位伟大的诗人，也算得上一位激进的文学革新者，一个能够产生惊人的活力、感染力，尤其是影响力的解放者。”而马雅可夫斯基自己这样预言：

> 我的诗/将用劳动/凿穿千载万年，
> 它将出现，/沉重，/粗犷，/摸得着，/看得见，
> 恰像奴隶们/凿成的大水道
> 从古罗马一直通到/我们今天。

写到这里本当收尾了，但马雅可夫斯基即便死后折腾也没有结束。“拉普”就马雅可夫斯基自杀事件发表声明称：“这个号召人民对生活进行革命改造的大诗人，自己就没能改造自己的世界观。”又打报告给斯大林和莫洛托夫，指责马雅可夫斯基的思想“充满资产

阶级个人主义毒素”，指责马雅可夫斯基自杀更造成了恶劣影响，指责马雅可夫斯基的朋友们至今还在赞扬死者，这都证明：“马雅可夫斯基的一生及其全部创作，过去是，而且永远是应当如何改造而改造又是何等困难的实例。”莫洛托夫（当然根据斯大林授意）批复：“建议来信人就此问题写篇文章给《真理报》发表。”而另一方面，莉莉亚·布里克上书斯大林，因为不久之前的列宁纪念会上，斯大林听马雅可夫斯基朗诵长诗《列宁》后曾带头鼓掌，希望他能为这部诗集说句公道话，哪怕是只说几个字。但斯大林对此不予置理。

五年后莉莉亚·布里克再次大胆上书斯大林，申诉马雅可夫斯基的纪念措施和全集出版遇到重重障碍无法推进。这次斯大林却出人意料地做了一个如今已众所周知的批语：“马雅可夫斯基过去是，现在仍是我们苏维埃时代最优秀的、最有才华的诗人。漠视他的纪念和著作就是犯罪。”这个评语导致死后的诗人马雅可夫斯基再遭一番大折腾：先是一夜间被捧上社会主义文学偶像的神位，而斯大林死后又被斥为“斯大林个人迷信的领唱者”。曾经爱写未来幻想剧和爱玩未来穿越题材的马雅可夫斯基，设或地下有知，对如此“未来幻想”恐怕也将意料未及目瞪口呆吧？

斯大林于 1935—1936 年之交一反常态，树立马雅可夫斯基为榜样是出自政治考量。这之前，斯大林已于 1932 年解散所有文学社团，代之以苏联作家协会，但领导作协的仍是原“拉普”领导班子，斯大林嫌他们不够听话，如今轮到整顿和清洗他们了，树立马雅可夫斯基是个极好的切入口，同时也为斯大林血洗政敌做了舆论准备。恰遇莉莉亚·布里克上书，斯大林便作了这个批示给叶若夫。叶若夫何许人也？他是执掌安全和内务部大权的，当时斯大林即将要他主持全国大清洗，批给他的寓意不言自明。再说，树立死去的诗人为偶像最保险，他已不能为害了，随便怎样模塑他都可以。

假如马雅可夫斯基没死呢？看看马雅可夫斯基笔下讽刺作品（从 1922 年的《开会迷》到 1929 年的《澡堂》）的显著增长，比照斯大林掌权后对讽刺文学毫不留情的态度，马雅可夫斯基多活几年会遭何命运不难估计。

痛恨“舔功”和“替负责干部挠痒痒”的马雅可夫斯基不是一个吹捧者。他写过悼念与歌颂革命领袖列宁的长诗，以什么观点写的呢？试看下面引的一段就明白。他写道：值此亿万群众哀悼送别列宁之时，假如列宁真个是“上帝恩赐的天才领袖”，假如列宁真个是“救世主”，那么：

我会由于狂怒，/一切都不顾，
我会冲入/送葬的队伍，
把顶礼的人群/迎头拦住。
我要把/最响亮的/诅咒的字眼/找到，
当我和我的呼声/被踩成肉酱的一刹那，
我要把/渎神的话/炸弹似的/掷上云宵，
向克里姆林宫/怒吼：/‘打倒！’……

反观斯大林一步步登上权力之巅时，尽管歌颂者甚嚣尘上，马雅可夫斯基却从未写过颂词。马雅可夫斯基 20 年间作诗十万行，其中提到斯大林的仅两处：一处是在长诗《列宁》描写十月革命的段落中一过性地提到斯大林和托洛茨基两人名字，另一处是 1925 年写的《回家去!》中，诗人曾表示希望斯大林在做报告时提一提在苏联“对诗的理解/超过了/战前水平”。提出这样一点小小的奢望，就可构成“吹捧”和“奴颜婢膝”的罪名么?也未免太扣帽子了吧。

狠批马雅可夫斯基“奴颜婢膝”的人中，影响最大的当数有世界声誉的音乐家肖斯塔科维奇。肖年轻时曾参与马雅可夫斯基剧本排练并为演出配乐。本来马肖二人都极富才华并在不同艺术领域里采用了相似的现代先锋手法（以致肖斯塔科维奇被视作“音乐界的马雅可夫斯基”），而斯大林本是讨厌先锋派文艺的。但他出人意料地赞扬了马雅可夫斯基，紧接着又叫《真理报》发表《以混乱代替音乐》的文章批判肖斯塔科维奇，太叫肖愤愤不平了。

但他后来（在斯大林时代结束后）攻击马雅可夫斯基“奴颜婢膝”当“斯大林走卒”，却很不讲理。因为马雅可夫斯基从来没向斯大林献过诗，而肖斯塔科维奇自己却极力争取斯大林宽容和嘉奖，谱写过许多歌颂斯大林的作品（固然是在挨批之后和大清洗的威胁下不得不然）。肖斯塔科维奇应当明白：斯大林树立的是已死的诗人，假如马雅可夫斯基多活几年，命运准比肖斯塔科维奇糟糕，他就不会感到不平衡了。

马雅可夫斯基不会说好话，他死前不久，1930 年 2 月底“艺术工作者中心”揭幕，聚会者要求马雅可夫斯基诵诗，他朗诵了“第一序诗”即《喊出最强音》。一位在场的诗人说：“给我们读读《好!》吧。”马雅可夫斯基却直截了当回答道：“我不读《好!》，因为现在不好。”《好!》是 1927 年的作品，到此时仅过两年多，两年多时间里发生了什么呢?斯大林占据了最高权力，清洗了革命的主要领导人，叫停新经济政策而转入农业全盘集体化和消灭富农运动，给国民经济带来严重伤害，针对知识分子的政治运动接踵而至，……虽然全国大清洗此时还只是黑云压城，但马雅可夫斯基感到时代开始“脱榫”，他在长诗《好!》结束章中歌唱的宽松气氛和经济复苏已然消失。马雅可夫斯基政治诗的重点已明显地转向讽刺，他1928年就开始写（与《好!》对偶的）长诗《坏》，虽因种种原因未写成，却连续发表了讽刺剧《臭虫》《澡堂》和讽刺组诗《败类》。他写道：“我不知道/我在谁的头上动土，/我只知道/势必动的谁的头上。”1929年斯大林五十寿辰之际，马雅可夫斯基发表的不是给斯大林的颂诗而是《与列宁同志谈话》，这番谈话，斯大林听起来一定非常刺耳：

“列宁同志，/我要报告您，——
并非根据职权，/而是根据心灵。
列宁同志，/工作重得要命，
但是它/将要完成，/正在完成。……
可是与此同时，/自然也有
很多很多的/乌七八糟的事情。
没有了您，/许多人/迷失了方向。
大量的/形形色色的/混账家伙
还在我们土地上/逛……”

马雅可夫斯基脾气倔不识好歹，连遭打击是再自然不过的命。马雅可夫斯基之死使当局如释重负，但仍用了不小力量调查和掌控舆论，把对诗人死因的议论限制在私人恋爱问题上。多年之后，阿赫玛托娃感慨道：“马雅可夫斯基什么都明白，比我们大家都明白得早。”

马雅可夫斯基所处的疾风暴雨年代今已远去，但我们不会忘记他是中国人民的患难之交，他为苦难中的中国写过许多诗，并把自己《最好的诗》献给了“陌生的/而亲如骨肉的/中国苦力”。读《最好的诗》，不能不为他真切的国际主义情怀感动而共鸣。马雅可夫斯基在中国也早就受到关注，1921 年瞿秋白就以北京《晨报》记者的身份访问了马雅可夫斯基，20 世纪 20 年代的中国刊物和文学史书都赞马雅可夫斯基为俄国“伟大的天才诗人”。因马雅可夫斯基的诗难译，至 20 年代末才有零星译介，中国出版的第一个译本是 1937 年万湜思从世界语转译的诗集《呐喊》，用作书名的诗题《呐喊》就是本书中的《喊出最强音》。其后经我国众多译者数十年不懈努力，出版了多种版本的马雅可夫斯基诗选。笔者所译的，于 1961 年出版长诗《列宁》和《好!》，其他译文因“文革”的缘故延宕，至“文革”结束方于 1979 年由广东人民出版社出版马雅可夫斯基讽刺诗选《开会迷》，1981－1982 年由上海译文出版社出版《马雅可夫斯基诗选》三卷集。

我很同意“金色俄罗斯丛书”主编汪剑钊所说：马雅可夫斯基“堪称中国读者最熟悉的诗人之一，但需要指出的是，他同时也是被误解最深的一位诗人”。

俄罗斯批评家柯夫斯基认为，斯大林对马雅可夫斯基的评语像埋设雷区一样妨碍了我们了解诗人：“国家监护剥夺了马雅可夫斯基唯一公道的自我保护手段——受诗的保护。但只有在把诗直接交给读者、交给未遭扭曲的读者接受时，诗人之名才能仅仅受诗自身的保护。”卡拉布切夫斯基也指出：我们以前从来不按马雅可夫斯基自己的意思解读他的诗，而只按幼儿园和小学的保育员、教师和辅导员的意思解读，只按电台播报和报纸标题来解读。我“文革”前后译的三卷集不可避免也受到这种统一口径解读的影响，如编选和评析中突出政治，细节处理中掩饰回避等，难以全面真切地反映马雅可夫斯基的诗歌艺术和精神世界。所以我一直有心对旧译做一番精选和校订。很高兴“金色俄罗斯丛书”给我这个机会，得偿宿愿。

这个选本收入的诗，大多数精选自旧译的三卷集，也有一些新译。对旧译做了一番校订并重写了前言。

马雅可夫斯基是勤奋高产的诗人，但他赶任务的速成之作数量庞大，虽是满怀热情写出，有巧妙音韵并为群众喜闻乐见，却不可能都成为艺术精品。因此把三卷压缩为一卷有助于提高艺术质量（可惜无法收入长诗代表作）。本书作为精选本，以马雅可夫斯基抒情诗、讽刺诗和政治抒情诗的代表作为主。但为展示他诗作琳琅满目的多样性和诗人服务社会的态度，仍保留少数宣传鼓动面向群众的作品，如“罗斯塔之窗”的招贴诗画也保留两首（《梁赞农民谣》和《国王与跳蚤的故事》）以窥其一斑。

通过校勘，曾被删改的文字已恢复原来面貌。如马雅可夫斯基最后阶段作品《喊出最强音》的头一节：

> 可敬的后代同志们！
> 当你们在已变成化石的/今日粪堆里/挖掘，
> 在我们昏暗的现代中探索，
> 说不定/你们也会/问起我。

因作者用词激烈，当时就遭出版检查封杀，迫使作者删去“粪堆”（дерьме）一词。但作者不甘屈从，换成了字母“г”，暗指的говне仍是дерьме的同义词（等于英语的“shit”）。我当初翻译时，也曾不得不隐去犯忌字眼而含糊其词，现在才恢复原作原貌。又如前面提到《回家去！》一诗，原作在表示希望斯大林做报告时提提诗歌的愿望后，立即以“得不到了解/又算得了什么”，对这不切实际的愿望给出了否定回答。这节诗因流露真情而被删，现也恢复原貌。

私人抒情和社会宏大话语是马雅可夫斯基诗中对立统一的一对主要矛盾。马雅可夫斯基写个人悲剧总会扩大到整个社会（“我将为你们掏出灵魂，/踏扁它，/把它踩大！”），而在他的社会主题中则贯穿个人担当意识，并常将私人抒情溶入其中，这样他就使这对矛盾统一于个人动机。卡拉布切夫斯基说：“我们在马雅可夫斯基诗中感应到的是心灵之痛——马雅可夫斯基首要的个人动机。对其真实性我们无可怀疑。”伟大作品都有巨大的心灵之痛。不论是“满纸荒唐言，一把辛酸泪”，或是“时代脱榫了，而我竟是为纠正它而生”，都因“心事浩茫连广宇”，而把个人悲剧扩展到宏观。这种巨大，不是无病呻吟者装得出来的。

马雅可夫斯基曾把自己比作一座工厂，而把社会对诗人的需求称作“社会订货”。他加班加点，努力想满足这些订货，只可惜并非所有“社会订货”都能与心灵相通。当诗人对社会承担过多时，当承担义务压倒私人抒情时，尤其是当诗人觉察到宏大话语渐渐背离社会正义时，心灵之痛已无法承受，宏大话语和私人抒情也将产生断裂。

诗人茨维塔耶娃把马雅可夫斯基这对矛盾中的私人抒情方面称

作“诗人”，而把社会人的担当方面称作“人”。由于茨维塔耶娃对十月革命持反对派立场，所以她贬低马雅可夫斯基的担当意识，不愿承认这是他作为“诗人”不可缺的部分而且还是重要的一半。但她见证了马雅可夫斯基的社会担当与艺术的龃龉和最终发展到与诗人心灵间的断裂。马雅可夫斯基最后阶段的自白诗句是令人战栗的，不由得茨维塔耶娃不作如此描述：

“马雅可夫斯基凭信仰、凭真理、以全身心服务了十二年，‘我把自己诗人的响亮的力量/全部献给你——进攻的阶级！’然后以抒情的一击，结束得比抒情诗更强而有力。作为人的马雅可夫斯基接连十二年企图杀死自己之中的诗人马雅可夫斯基，第十三个年头上诗人奋起而杀死了人。”

整整一世纪。诗人马雅可夫斯基“被说”太多了。他终于发一声喊：“可敬的后代同志们！/关于时代/和自己，/让我自己说！”

归根结底，听诗人自己说吧。

而读者也将由自己做出评判。

飞　白

2018 年 1 月 31 日

目　录
Contents

1912——1916 年

1917——1921年

1922——1924 年

1925 年

1926 年

1927 年

1928 年

1929——1930年

1912——1916 年

夜

血红和苍白已被揉皱而抛弃，
墨绿里洒上了一把把灿烂的金币，
黄亮的燃烧的牌一张张分发出去，
发到争先跑来的窗户的黑手掌里。

眼看楼房被暗蓝的长袍紧裹，
街道和广场处之泰然，并不惊愕。
灯光宛如一道道金黄的创伤，
给前面跑的脚戴上订婚的金镯。

人群——这条动作灵敏的大花猫，
受一扇扇门引诱，浪游着，弓着腰；
从欢笑铸成的庞然巨块之中，
谁不想抽点儿？哪怕一丝儿也好。

感到裙子的利爪在招呼在勾引，
我对她们的眼睛强挤出一个笑容；
而额上染着鹦鹉翅膀的赌棍们
像敲铁皮般吓人地狂笑起哄。

（1912）

晨

阴郁
的雨
飞着斜的目光。
电线流着铁的思想，——
像铁窗一样
清清楚楚。
而铁窗后
是鸭绒褥。
脚
轻轻巧巧
踩在褥子上，——
星星们正在起床。
可是路灯——
这批头戴煤气王冠的
帝王
一齐灭
亡，
于是马路花园中的一束花——

一群互相敌视的卖淫女郎
刺得人眼睛
更疼。
戏谑的
钻心的笑
从
黄色的毒玫瑰丛
弯弯曲曲
长出，
令人汗毛直竖。
越过喧声
越过恐怖
远景
安慰眼睛：
那受难而心安、麻木不仁的
十字架的
奴仆
同花街柳巷中
淫窟的
棺木
都被东方投入同一个火光熊熊的花瓶。

（1912）

你能吗？

我把一杯颜料泼出，
立即涂掉了日常生活的地图。
我只用小小一碟鱼冻，
能塑造大海突出的颧骨。
我细读调色板——这洋铁鱼，
明白了新诞生的嘴唇的呼吁。
你能吗？
难道你能用排水管作长笛，
吹一支
小夜曲？

（1913）

给你们尝尝!

一小时后，你们这批松弛下垂的油脂
将挨个儿离去，向空寂的街巷里流。
我把价值连城的词句尽情挥霍，
向你们敞开诗的百宝箱，毫无保留。

你，这位男人，白菜粘在胡子上，
不知是什么地方吃剩喝剩的菜汤；
你，这位女人，脸皮涂成了白墙，
恰像只牡蛎，在物品的贝壳里躲藏。

你们大伙儿围扑诗人心灵的蝴蝶，
真脏，有的穿套鞋，有的不穿套鞋，
这群兽性大发的人挤呀挤成了堆，
像一只一百个头的虱子翘着千条腿。

可是我这个粗鲁的匈奴，如果我
今天不愿矫揉造作，对你们迎合，
我就仰天大笑，欢乐地啐口唾沫，

直啐你们这一伙，——
我把价值连城的词句尽情挥霍。

（1913）

听我说！

听我说！
既然星星们被点燃了，
这说明——有人要这些废物？
这说明——有人需要她们？
这说明——有人称她们为珍珠？
他，拼命地跑，
冒着正午的滚滚风尘，
生怕迟到，
闯进上帝的家门，
哭着，
吻上帝暴起青筋的手，
祈求：
“一颗星星，一定要有！”
赌咒：
“没有星星，绝不能忍受！”
然后，徘徊不停，
心中七上八下，
表面却很冷静。

还问别人：

“这下好了吧？

不害怕？

当真？！”

听我说！

既然星星们

被点燃了，

这说明——有人需要她们？

这说明——有必要

让每个黄昏

哪怕有一颗星

在屋顶上照耀？！

（1914）

尽 管

像梅毒病人的鼻梁，街塌成了沟。
淫欲之河馋涎四溢，色情横流。
花园脱光了内衣，一叶不挂，
懒懒地躺在六月里，毫不知羞。

我走上广场，
把烧焦的市区
戴在头上，好像赤红的假发。
人们很害怕——从我嘴里冒出
一个没咀嚼好的呐喊，蹬着腿儿挣扎。

但人们不会骂我，不把我当罪人，
却把我当先知，用鲜花铺我的脚印。
这些塌鼻子的人全都承认：
我是他们的诗人。

我怕他们严厉的评判，像怕下等酒馆！
妓女们把我当作神圣，用手来抬，

抬过燃烧的房子——一片火海，
呈献给上帝，以证明自己的清白。

上帝被我的小书感动得泪流满面：
这哪儿是语言，这是一团痉挛！
上帝夹着我的诗在天上东跑西颠，
气喘吁吁地找他的熟人去念。

（1914）

小提琴有点神经质地

小提琴神经质地求告，求告，
突然间又像孩子似的
迸发成为号啕。
鼓可受不了了：
“得了吧！得了吧！得了吧！”
他疲劳了，
懒得听小提琴诉说，
溜上灯火辉煌的铁匠大街
就跑掉了。
而乐队冷眼旁观，看
小提琴哭她的一腔幽怨，
没节，没拍，
无词，无言。
只有角落里
傻乎乎的铜镲
敲出嘈杂：
“啥，啥，啥？”
“咋，咋，咋？”
直到黑里空大号
板着一副

汗滋滋的大铜脸
呵斥起来：
“傻蛋，
哭什么哭！
给我擦干！”——
这时刻我站起身，
摇摇晃晃地穿越
吓得佝偻的乐谱架群，
不知为何喊了一声
“天哪！”就扑上去
一把搂住了木头脖子：
“知道吗，小提琴？
咱俩实在太相像了：
我也是
喊哑了嗓子
也没人听！”
乐师们闻言大笑：
“瞧他倒粘上了！
找了个木头新娘子！
傻——冒！”
我哩，不管你那一套！
我自我感觉挺好。
“知道吗，小提琴？
干脆——
咱俩就一起过！
可好？”

（1914）

穿裤子的云[①]

（四部曲）

你们的思想
正躺在软化的大脑上做着好梦，
好比油污的沙发上躺着个吃胖的奴仆。
我却偏用血淋淋的心的红布挑逗它，
辛辣地嘲讽，刻薄地挖苦。

我的灵魂没有一丝白发，
也没有老头儿的温情和想入非非。
我声如炸雷，震撼世界，
我来了——挺拔而俊美，
二十二岁。

粗鲁的人用铜鼓演奏爱情，
温柔的人用的是小提琴。
可是你们都不能像我这样

---

① 作者在1918年版的序言中对此诗作过如下解释“《穿裤子的云》（原题《第十三名使徒》被检查机关划掉了。不再恢复。习惯了），我看作是对今日艺术的基本信念；‘打倒你们的爱情’，‘打倒你们的艺术’，‘打倒你们的制度’，‘打倒你们的宗教’——这就是四部曲的四个呐喊。”

把自己从里到外翻个过——
把全身都变成嘴唇！

来学习学习吧——
穿着纱裙走出客厅来，
天使同盟中雍容尔雅的官太太！

她冷静地翻阅这么多嘴唇，
宛如厨娘翻阅烹饪教材。

随你的便吧——
我可以变成嗜肉的狂人，
像天空一样变幻，忽晴忽阴，
随你的便吧——
我可以温柔得让你挑不出毛病，
不是男人，而是一朵穿裤子的云！

我不相信尼斯①海滨繁花如雨。
我再次赞美这样的男男女女：
男的——睡坏了的，如同病床，
女的——用滥了的，如同谚语。

---

① 法国南部的游览胜地。

1

你们认为，这是发寒热说胡话？

这是真事，
在敖德萨。

玛丽亚
说过：“我四点钟来。”

时钟敲了八下，
九下，
十下。

十二月的黄昏
离开了窗户，
走进黑夜的恐怖，
紧锁双眉。

大烛台向着它的驼背
笑出了眼泪。
此刻的我，谁也认不出：
暴着青筋的一大堆，
在呻吟，

在抽搐。
这“一大堆”还有什么需求？
唉，它的需求没法数！

不管如何——
即便我是一尊铜像，
即便我的心——生铁铸就，
夜间也想把自己的铿锵
藏进女性的
温柔。

瞧，
这一大堆
在窗口弯着腰。
额角贴着窗玻璃，烧。
有爱？没有爱？
若有的话，
是大？还是小？
小小的身体哪能容纳大的爱？
有爱，想必也是个小崽——
爱情小乖乖。
她爱的是古老的有轨马车叮当，
一听汽车喇叭就慌忙躲开。

我的脸

面对面
紧盯着雨滴的麻脸。
等了又等。
城市的喧嚣向我脸上飞溅。

“午夜”持刀猛跑，
追上了，
挥刀杀，——
去他妈！

“最后一点钟”倒下了，
仿佛断头台上滚下个脑袋瓜。

玻璃窗上灰色的雨点
又叫又吼，
扮个大鬼脸，
好像号叫的怪兽
钻出巴黎圣母院。

该死的女人！
难道这还不够吗？
一声喊叫快要撕裂嘴巴。

我听得

一根神经——
轻而又轻，
像病人跳下了床。
你瞧它——
起先徘徊着，
勉勉强强；
然后奔跑起来，
鲜明，激昂。
此刻它，外加两根新来的神经，
正像雀儿般乱扑乱撞。

楼下，天花板的灰泥哗啦啦崩塌。

数不清的神经——
有的细小，
有的粗大，
狂奔乱跑，
哎呀！
神经的腿儿又酸又麻！
房间里的夜，涨成深深的泥潭，
沉重的眼睛从泥潭里无法自拔。

房门突然格格地响，
仿佛是旅馆的门牙

捉对儿磕打。

你走进来，
生硬得好像摊牌。
手套的麂皮在摩擦。
你说：
“你知道吗？
我要出嫁。”

嫁你的吧，
算不了什么。
我不是窝囊废。
瞧——我冷静得像
死人的
脉搏。

记得吗？
你说过：
“你是杰克·伦敦——
爱情多，
钞票少。”
可是我
只看到：
你是蒙娜·丽莎——

该偷掉的，

真偷掉了。[1]

我重新堕入恋爱的游戏，

火光照亮了眉弯。

何必心烦！

在烧光了的房子里，

有时也住着无家可归的流浪汉！

你还嘲弄我？

“你所有的狂热的宝贝

比不上乞丐所有的铜币。”

不要忘记：

当年惹火了维苏威，

结果毁了庞贝！[2]

喂！

诸位先生！

你们爱看

杀人、

犯罪、

---

① 达·芬奇的名画《蒙娜·丽莎》曾于 1911 年一度被窃。

② 公元 79 年，意大利维苏威火山爆发，毁灭了庞贝城。

亵渎神圣——
你们可曾
见过最可怕的场面——我的脸，
如今
当我
绝对地冷静？

我觉得
“我”
已经容纳不下我。
有个人极力要从我中挣脱。

哈罗！
你是谁？
妈妈？
妈妈！
你的儿子得了绝症！
妈妈！
他的心失了火。
告诉姐姐——柳达和奥丽雅；
他已无处可躲。
每个字，
甚至每句笑语，
喷出他燃烧的口，

都像从失火的烟花巷里
蹦出个赤条条的妓女。

闻一闻——
一股烤肉味！
叫来一批人。
亮晶晶！
头戴钢盔！
大皮靴——可不行！
快通知消防队：
攀登失火的心——脚下留情。
我自己来！
瞪圆了充满泪水的眼睛——一担水桶。
让我手撑肋骨，
跳出去！跳出去！跳出去！跳出去！
崩塌！焦土。
谁能从心中跳出！

在余烬未灭的脸上，
从裂了缝的嘴唇，
长出了一个烧焦的吻。

妈妈！
我不能唱歌。

在心的教堂里，唱诗班的席位着了火。

烧焦的词儿和数字一个一个
爬出颅骨，
像小孩儿从燃烧的大楼逃出。
我仿佛看见邮船“露西当尼亚”，
当你呀——“恐怖”
高举燃烧的双手
想把天空抓住。①

圆睁一百只眼的巨火
从码头冲进住宅的静寂。
人群战栗。
最后的呼声啊，——
你起码
该把我在燃烧的痛苦呻吟
传到未来的世纪！

2

赞美我吧！
我和伟人格格不入。
对过去造成的一切

① 英国邮船“露西当尼亚”号于1915年被德国潜艇击沉，死千余人。

我都批上："不算数。"

任何时候
我什么也不想读。
书？
什么书！

我先前以为——
做书，大概是这样：
诗人走过来，
嘴巴一张，
这个灵感附体的笨伯
马上就出口成章！

实际如何呢？——
在张口歌唱之前，
踱来踱去，磨起了老茧；
那愚蠢的想象之鱼
在心的泥潭中扭动得多么可怜！
直到用吱喳乱叫的韵脚烧开了锅，
把爱情和夜莺煮成了一锅粥；
没有舌头的大街却在痛苦地痉挛，
想喊不能喊，想说没法说。

看来是我们骄傲自大，

把城市的巴比伦之塔①

重新修建；

于是上帝

把城市

夷为平地，

变乱了人们的语言。

大街默默无言，肩扛着苦痛。

一声呐喊，梗塞在喉咙。

肥胖的卧车、枯瘦的马车

卡住了嗓门，水泄不通。

无数徒步者的脚步踏扁了胸部，

比痨病还凶。

城市用黑暗把道路密封。

有一天

终于来到！——

冲开踩住喉咙的教堂，

把拥挤的一群咳到了广场上，

令人感到：

---

① 据《圣经》传说，古代天下人言语一样，他们决定建巴比伦之塔，塔顶通天。上帝大惊，遂变乱人们的口音，使他们言语彼此不通，分散各地。

在天使长官们的合唱声中，
遭了抢劫的上帝赶来征讨！

而大街蹲在地上喊叫：
“让我们肚子填饱！”

大大小小的克虏伯公司①
把城市装扮成皱眉的鬼脸，
而城市嘴里
词儿的尸体正在腐烂，
只有两个词儿活着，越长越胖，
一个是“混账”，
还有一个啥玩意儿，
好像是——“杂烩汤”。
诗人们
在眼泪鼻涕里泡得发胀，
抓乱头发，没命地逃离大街：
“这么两个词儿，怎能歌唱
小姐、
爱情、
风花雪月？”

---

① 德国大军火公司。

大街上的一群小子——
大学生、
婊子、
包工头，
跟着诗人跑。

先生们！
站住，别跑！
你们不是叫花子，
你们不准去乞讨！

而我们，身强力壮，
一步七尺，
我们不听他们的诗，
却要把他们撕，
撕——
这批死死吸在双人床上
随床奉送的水蛭！

难道还要低声下气央告他们：
“帮帮忙！”
去求他们写颂歌、
大合唱？
我们自己是火热的颂歌的创作者，

且听工厂和实验室的交响！

我不理会浮士德，
让他和靡非斯特[①]
同乘梦幻的焰火
在天国的舞厅里滑行；
我可知道——
我皮靴里的一根钉，
其可怕也超过歌德的幻景！

我
金口玉言，
吐出每个字
能给灵魂新生，
能给肉体欢庆；
可是我告诉你们：
最微小的一粒活的微尘
也比我已做的和将做的一切更贵重！

听吧！
现代拜火教的先知
奔走呼号，

---

① 歌德诗剧《浮士德》中引诱浮士德的恶魔。

正在布道！
我们
嘴唇像耷拉着的灯台，
面孔像睡皱了的床单，
我们是
麻风城里的苦役犯，
这儿，黄金和污泥到处传染麻风，
可是我们比大海和太阳洗净的
威尼斯的蓝天还洁净！

翻遍荷马和奥维德的诗章，
找不出我们这号
满脸煤烟的人物形象。
那也无妨。
我知道：
一见到我们的灵魂的金矿，
太阳也会黯然无光。

我们决不祈求时间开恩！
肌肉和筋——比祷告有用。
我们——
每个人
把世界的传动皮带
紧握在自己掌中！

不论在彼得堡、莫斯科、基辅、敖得萨，
这番话
把我带到了讲堂里的“各各他”[1]，
没有一个人
不高声喊叫：
“钉死他！
把他钉上十字架！”
可是对于我，
人们——
包括那些嘲弄过我的人，
你们对我比一切都亲近。

君不见：
狗
正舔着那只打它的手？！

我
尽管被今天的一代嘲弄取乐，
被编成长长的笑话，
还带着黄色，

---

① 各各他是耶稣被钉十字架的地方。这节诗和第三章开头，描写的是马雅可夫斯基 1913 年在俄国各地演说和朗诵时遭到的嘲笑和谩骂。

我却能看见无人看见的
踏过时间的山岭的来者。

在人们的近视眼光截断之处——
率领着饥饿的人群，
头戴着革命的荆冠，
一九一六年已经迫近。

而我，是它的前驱；
哪里有痛苦，我就在哪里；
我把自己钉在十字架上，
就在落下的每滴泪里。
绝不能再饶恕！
我烧炼灵魂，把温情付之一炬。
这可要困难得多，超过
千万次攻打巴士底狱！

当你们上街迎接救星，
用暴动的声浪
把一九一六年震响，
我将
为你们掏出灵魂，
踏扁它，
把它踩大！——

当一面血淋淋的旗，交到你们手上。

3

唉，这是为什么，
这是干什么——
向着明朗的欢乐
把肮脏的拳头挥舞！

令人想起了疯人院，——
这思想用绝望的帷幕
把脑袋遮住。
正像主力舰沉没时，
人群窒息而痉挛，
拼命向舱口外钻，——
发狂的布尔柳克①
也钻呀钻的
钻出了自己的独眼，
把眼皮撕裂，
流着泪，几乎流血。
总算爬出来了，
站起来了，
走掉了，

① 作者的朋友，未来派诗人，曾和作者一同做巡回演说。布尔柳克是个独眼的胖子。

想不到，还以胖子稀有的温柔
突然说了声：“很好！”

很好，用未来派的黄褂子
裹住灵魂，让人看不透！
很好，
当你把脑袋伸进断头机的虎口，
还吆喝：
“请喝万古吞牌可可！”①
这一瞬间——
烟花四射，
雷鸣电闪，
不论拿什么我也不换，
也不换……

透过雪茄的青烟，
拉得长长的，活像只酒杯——
现出了谢维里雅宁②的醉脸。

灰溜溜的，唧唧叫的鹌鹑，
你怎么敢自称诗人！

---

① 此事采自报载新闻：只要死囚肯为万古吞洋行这样做广告，这家洋行就供死者家属的衣食。

② 俄国自我未来派的代表。青年马雅可夫斯基向他发出挑战。

今天应该

用铁拳

砸开

世界的脑袋！

你们

为一件事把心操碎——

“自己的舞姿是否优美？”

试看我是怎么舞蹈的吧，

我——

下流的，靠婊子为生的

乌龟兼赌鬼！

你们

在绵绵痴情里泡得发胀，

你们

双泪长流，流得千年长；

我背离你们，

把太阳当眼镜

戴在圆睁的眼睛上。

我的打扮怪得可怕，

在大地上大步跨，

叫人喜欢，叫人讨厌。

我手执细链，
牵着个拿破仑——小哈叭。

大地将要像女性般躺下来，
肉在颤抖，在求人爱；
万物将要苏醒，
万物的嘴唇
都叫起来：
“乖乖！乖乖！乖乖！”
突然间，
黑云
和其他的云
在天上引起了惊人的骚动，
仿佛是白色的工人四处奔跑，
向上天宣告了怒气冲冲的罢工。

雷，挑衅地擤了擤巨大的鼻孔，
像恶兽般从黑云背后爬将出来。
天空的面孔凶神恶煞，突然扭歪，
好一个铁血宰相俾斯麦①！

有人

① 19世纪后期德国宰相，曾镇压工人运动。

被云层绊住了双脚，
向咖啡馆伸出了双手，
学着女人的声调，
嗓门儿倒很温柔，
可又像架起了大炮。

你以为
这是在阳光抚爱下
喝咖啡？
不！这是为了枪决暴动群众，
重新派来了屠夫将军——加利费[①]！

闲人们，把手从裤袋抽出来，
拿起炸弹、石头、一切武器，
谁要是连手也没有——
就用你的额头冲击！

上前去，挨饿的人，
满身跳蚤和污泥的
汗臭的奴隶！

上前去！

① 法国将军，镇压巴黎公社的刽子手之一。

把星期一和星期二
都用血染成红色的节日！

虚胖的大地——
这个被金融寡头洛特希尔
抛弃的情妇，
叫她在刀尖下好生记住：
她把什么人贬为奴仆！
叫旗帜在枪林弹雨中飘起，
就像盛大的节日似的，
叫电灯杆高高地挂起
粮食商血污的尸体。

咒骂，
祷告，
宰一刀，
跟着爬，
咬他的腰。

天空红得像《马赛曲》，
晚霞在垂死中飘摇。

已经发了狂。

什么都不留。

黑夜自天而降，
它先咬一口，
然后全吃光。

君不见
上苍又在出卖
一小撮溅上了变节污水的星斗？

黑夜降临，
像鞑靼可汗马马依大摆酒筵，
一屁股把城市压住。①
这夜色，眼光都凿不穿，
黑得像告密老手阿捷夫②！

我被扔进小酒店的角落，
蜷缩着，用酒浇灵魂和桌布。
我发觉
一双眼睛刺进我心窝——
哦，是堂屋里圆睁双眼的圣母。

---

① 13世纪，成吉思汗击败南俄诸王公联军，传说胜利的将领在被俘王公身上搭木板，坐在板上宴饮。作者误将此事归于马马依（14世纪钦察汗国可汗）。
② 社会革命党领导人之一，后被发觉是沙皇警察局的坐探。

何苦给吵吵嚷嚷的酒徒
分送一个模子印出来的圣母画？
岂不见，在各各他
他们又一次唾弃耶稣，
而情愿选择巴拉巴？①

说不定
在杂七杂八的人群里，
是我故意
使自己的面貌平淡无奇。
其实，在你所有的儿子里，
说不定要数我
最美丽。

祝那些
在安逸中发霉的人们
赶快遇到最后的时辰，
祝那些
应当成长的孩子们——
男孩子——变成父亲，

① 据《圣经》传说，耶稣被判死刑时正逢节期，巡抚答应按众人要求，释放一名囚犯。众人要求赦免著名犯人巴拉巴，而把耶稣钉上十字架。

女孩子——怀上身孕。

让新生的人长出白胡子，
像星相家那样博学多智，
他们必将来到，
为孩子施洗
并命名——用我的诗。

我赞美机器和英吉利。
要问我是何等人物，
请看最普通的福音书里，
我就是第十三名使徒。①

当我下贱的声音
一小时又一小时
一昼夜又一昼夜
把你们折磨，——
说不定耶稣基督
正在嗅我的灵魂小花一朵，
它名叫“毋忘我”。

---

① 耶稣只有十二名使徒。“第十三名”暗指异端。

4

玛丽亚！玛丽亚！玛丽亚！

放我进来，玛丽亚！

我不能待在街头！

你不愿意吗？

看来你要等到我

双颊深陷，

被众人尝过，

淡而无味的时刻，

我再度来临，

嘴里没牙，吐字不清，

声明我今天是

“无比忠贞”。

玛丽亚，

你瞧——

我的背已经驼了。

大街上的人们

穿透四层楼式的下巴脂肪层，

伸出四十年磨炼出的小眼睛，

相视

而冷笑，

笑我

又在嚼
昨天的温存的干面包。

大雨哀哭着人行道，
而水洼组成的湿淋淋的地痞
正舔着大街的尸体
（是被卵石击毙的）。
在灰色的睫毛上——
对！
（睫毛是冰凌组成的），
挂着泪水——
对！
从排水管低垂的眼睛向下滴。

雨的嘴，吮吸着每一个步行者；
而马车上坐的是油光光的大力士，
他们吃得饱胀，
胖得爆裂，
浑身的裂缝都冒着油脂，
于是从马车上，像浑浊的河水
流下了嚼过的肉丸子
和啜过的面食。

玛丽亚！

柔声细语怎能钻进他们的肥头大耳？
鸟儿
是卖唱的乞儿，
空着肚子
能唱出嘹亮的歌声。
可我是一个人，玛丽亚，
是一个平平常常的人，
被痨病之夜咳出来，
吐在勃列斯尼亚①肮脏的手心。

玛丽亚，这样的人，你要吗？
放我进来，玛丽亚！
用指头的痉挛，我按紧电铃铁的喉咙！

玛丽亚！

兽性充满了大街的牧场。
脖子被拥挤的手指掐伤。

快开门！

疼得很！

---

① 莫斯科的工人聚居区，作者当时住在那里。

你瞧，我眼睛里
扎满了女帽上的大头针！

她开了门。
小乖乖！
可别把你吓坏：
在我的牛脖子上
像座山似的，坐满了无数汗淋淋的女人，——
这是我从生活中过来，
拖出来的几百万大而洁净的爱，
外加亿万小而肮脏的爱崽。

别害怕：
冒着变心的连绵阴雨，
我又一次
紧贴着成千张美好的脸庞，——
全是“马雅可夫斯基的爱慕者！”
说实话，这是在疯人心上
整整一个朝代先后登极的女皇。

玛丽亚，挨近些！

不管你在赤裸裸的放浪中，
还是在怯生生的战栗里，
请给我你的芳唇永不凋谢的欢悦。
要知道我和心
一次也没有活到过开花的五月，
在活过的生活里
只有第一百个四月。

玛丽亚！
诗人用十四行诗赞美姬雅娜[①]；
而我
全身是肉做的，
纯粹是一个人，——
我直截了当地要求你的肉体，
宛如基督徒祷告上帝：
“求你赐给我们
每天不可少的饮食。”

玛丽亚——给了吧！

玛丽亚！

---

① 谢维里雅宁的一首诗的女主人公。

我生怕忘记你的名字，
好像诗人生怕忘记
某一个词——
它在连夜的阵痛中诞生，
其伟大正与上帝相等。

你的肉体
我将爱护备至，
正如一个兵士
被战争砍成了残废，
孤苦伶仃，
无家可归，
爱护着他自己唯一的腿。

玛丽亚——
不干吗？
不干！

哈！

这么说，我又要
黑沉沉，灰溜溜，
捡回我的心，

洒点泪水在心头，

把它

带走；

像一条狗

一瘸一跛，

把火车压伤的爪子

拖回

狗窝。

我以心的血，使道路欢喜，

灰土中，朵朵红花，沾满了上衣。

太阳欢舞千转，环绕着大地，

就像绕着施洗者约翰的头颅

欢舞的希罗底。①

待到他的圆舞

把我的年龄跳够了数，

通向我最后归宿的足迹

将铺满千万滴血珠。

① 据《圣经》传说，因施洗者约翰反对希律王娶兄弟的妻希罗底，希律王把约翰锁在监里。到了希律的生日，希罗底的女儿在众人面前跳舞，使希律欢喜。希律答应随她要求的给她。女儿为母亲所使，就说："请把施洗约翰的头放在盘子里，拿来给我。"

我将爬出来——

满身污泥（由于夜宿在沟里），

和他并肩而立，

凑过去

向他悄悄耳语：

“上帝先生，请听我的话！

你天天泡在云彩的糨糊中，

把眼睛泡得又胖又肿，

搞那种无聊事儿干吗？

倒不如让咱们俩

把分别善恶之树

改装成旋转木马！

“无所不在的主，每个柜子你都能入，

让咱们把美酒摆满桌，

使得愁眉苦脸的使徒——圣彼得

也想跳一场‘克卡扑’舞。

你下命令吧，

我今晚就从所有的林荫路

把最漂亮的小姑娘全给你拉来，——

把夏娃们重新放在乐园里住。

“你乐意吗？

“不乐意吗？

“你摇着毛发蓬松的头？
你皱起灰白的眉峰？
你以为——
你背后
那个长翅膀的老兄
能懂得什么叫作爱情？

“我也是天使，我当过的，
我也有过羔羊的甜蜜蜜的眼睛。
可现在，我已不愿再给母马们
赠送用痛苦塑造的法国花瓶。

“无所不能的主，你发明了双手，
你又安排了
每人都有一个头，
你为什么想不到：
应该让人们毫无痛苦地
吻呀，吻呀，吻个够？！

“我还以为你是个万能的大上帝，
原来却是个不学无术的小神道。
你瞧，我弯下腰
从靴筒里
拔出一把刀——
带翅膀的混蛋们！
躲进天国、挤成一团吧！
羽毛蓬乱、吓得发颤吧！
我要把你——浑身冒着香火味的东西
彻底揭发，
从此地揭到阿拉斯加！”

放我进来吧！

挡住我，绝不可能。
不管我是否
说大话，
我现在冷静得不能再冷静。
请看——
天空又变成了血腥的屠场，
群星又在被斩首示众！

喂，注意！
老天爷，

请脱帽！
我来了！

一片静默。

宇宙沉睡着，
它在爪子上搁着
爬满星星狗虱的大耳朵。

（1914—1915）

法官颂

红海之上有一群囚徒，
服着苦役，划船摇橹，
镣铐郎当，被吼声盖住，
他们呼唤着祖国秘鲁。

祖国秘鲁啊，比乐园更好，
那儿有小鸟、姑娘和舞蹈，
橙子树花冠上，高入云霄——
有一种巨树，名叫“猴面包”。

香蕉、菠萝！多惹人喜欢！
葡萄美酒，密封的酒坛……
但不知为何，从何而来，
蜂拥着闯进来一批法官。

像一对罐头在臭水坑里——
法官的双眼闪闪发绿。
小鸟、舞蹈、秘鲁少女

统统被法官划入了禁区。

他像斋戒戒律般严格的眼光
射向那孔雀，金碧辉煌，
孔雀开屏的华丽尾巴
刹那间就脱了个精光！

秘鲁周围，花草繁茂，
飞翔着一种小小的蜂鸟，
法官捉住这可怜的小鸟，
下令剃掉它全身羽毛。

如今你再去访遍山川，
找不见喷火冒烟的火山。
法官在每个山谷跟前
写上了："此处禁止吸烟。"

在可怜的秘鲁，我的诗抄
也被严禁，遭到刑讯收缴。
法官说道："凡出售者，
视同私售酒精饮料。"

赤道颤抖在镣铐声中。
秘鲁荒无人烟，不见鸟影……

只有阴沉沉的法官活着，
在六法大全下隐藏着狰狞。

我还是要为秘鲁人诉苦。
叫他们划大船所为何故？
法官们干扰了小鸟和跳舞，
干扰我、干扰你、干扰秘鲁。

（1915）

吃喝颂

万岁，去吃饭的几百万！
加上已经酒足饭饱的那几千！
你们发明了稀饭、鸡汤、牛排，
外加成千样花式的菜单。

哪怕炮弹横飞，
能把千万个兰斯[①]摧毁——
鸡腿呀，还像以前那么肥，
里脊肉还照旧冒着香味！

好一个戴巴拿马草帽的肚子！
为新时代牺牲的伟大和庄严
岂能把你感染?！肚子永不害病，
除非是虎列拉和阑尾炎！

让瞳孔在脂肪里完全沉没——

① 法国城市，第一次世界大战时遭德军炮轰。

反正你生父造它们白费工夫；
即便给盲肠戴上眼镜一副，
盲肠归根结底还是盲目。

其实这样你也不坏，也许更好，
只有嘴，没有眼睛和后脑勺——
给你整个儿的带馅南瓜，
你也能塞进嘴一口吞掉。

没眼没耳，躺得更安逸，
一块大馅饼拿在手里，
你的孩子们爬上你肚皮，
就在肚子上玩槌球游戏。

安睡吧，不要管涂地的鲜血，
也不必管火灾席卷世界——
母牛还有力量生产牛奶，
公牛的肉也取之不竭。

尽管割断了最后一头牛的咽喉，
最后一株谷物从灰石板上收走，
你仍将是老习惯的忠实奴才，
你将会用星星制造罐头。
如果你被肉丸子和鸡汤撑死，

我们会给你刻一个碑记：
“在几亿几万几千个肉丸子里，
四十万个属于你。”

（1915）

我是怎么变做狗的

咳，简直忍无可忍的懊恼!
窝囊憋屈把我周身螯咬。
我一股恶气，你们都无法想象：
真想像狗那样
对着月亮光溜溜的脸盘儿
放声长嗥。

肯定是，神经……
上街溜达溜达，
散散步。
可是碰到谁我也难以平静。
有位女士老远就打招呼。
必须回答的，
跟她挺熟。
却似乎发不出人类语音，
我很想，
偏发不出。

这有多么丢人现眼！
梦游吗，莫非？
摸摸我的脸：
是我的脸呀，毫不带假。
摸到嘴唇可有点不对：
我嘴唇之下
竟龇出——
獠獠犬牙。

赶紧捂住脸，装作擤鼻子。
小心地绕过警察岗亭，
急忙奔逃回家。
猛不防凭空一声惊雷：
“快来警察呀！
尾巴！”

我这一摸呀——非同小可！
什么犬牙已无所谓，
招摇过市，以此为最！
我在狂奔中竟未察觉：
我的西装背后
拖出了一条
蓬松摇曳
大狗尾。

这回还能咋办？

一人呼就有众人应。
一人追就来众人随。
冲倒一个老太婆。
她一边画十字一边惊叫“魔鬼”。

但见群众不断增长，
翘起如林的笤帚胡子，
黑压压一如巨浪，
恶狠狠势不可当。
于是我，四脚踞地
开始狂吠：
汪！汪！汪！

（1915）

贪污颂

这里的全体——从扫地小工
到镶金穿银的阔人，
都来恭恭敬敬地歌颂您，
亲爱的贪污先生。

谁敢无视我们的保护，
而把责备的眼光流露，
我们要给以梦想不到的惩处，
看这帮混蛋还敢不敢忌妒。

为了使诽谤再不敢兴风作浪，
我们穿上制服，戴上勋章，
伸出有说服力的拳头，
问一声：“想不想尝尝？”

从上面往下望——张嘴吃惊。
全身肌肉——兴奋激动。
鸟瞰俄国——简直是个菜园，

肥美，茂盛，一片青葱。

何曾见过山羊靠边站，
而懒得往菜园里钻？……
谁是山羊、谁是青菜，
只要有空我就证明给你看。

何必多费口舌呢，伸手就是。
报社的讨厌鬼不会再挑刺。
像剃羊毛般把他刮个精光吧，
在自己国家里有何不好意思？

（1915）

我对他的态度

（尤其似颂）

五月把城市装扮得花团锦簇，
十二月像挨了揍似的哀哀啼哭——
一年四季，透过工厂冒的烟雾
总看见他这副尊容，像头肥猪。

他的肚皮松垮、丑陋而庞大，
就在那天空的斜坡上趴。
他嘴唇肥厚，还翘起来
重叠成一个 88。

天底下，工人们忙碌不停，
叫花子在栅栏边哼哼，
但这家伙的肚子和全身
却饱得像著名的报业大亨。

馋涎汇成洪水，滚滚横流，
回旋于港口似的血盆大口。
他有多胖啊，上帝！和他一比，

连胖诗人阿菩赫丁也显得瘦。

不论是大马路上马蹄清脆，
或者是步行者脚步细碎，
在他听来全是颂词：“宝贝！宝贝！”
这混账东西觉得一切都很美。

他的微笑在扩张，无耻而油腻，
一张大嘴把两只耳朵连成一气，
仿佛是乌克兰人戏班子
在他脸上演出盛大游艺。

太阳一出，马上投来光线，
按摩他又白又嫩的脚板；
月亮也找不到更好的工作干。
我现在当众宣布：我极为不满。

我为人彬彬有礼，沉着谨慎，
简直是象牙雕刻一般的性情；
但我要给这家伙一个巴掌，——
他使我无法容忍。

（1915）

河畔点滴

河畔芦花如絮，
漫步芦苇深处。
我对她柔声倾诉：
“你听，芦苇沙沙絮语，
仿佛奥卡河盛满了老鼠。
瞧天上，星星戴着光芒的耳环，
像你一样美，不是星星，是少女……
往远去，星星点点望尽处，
一钩颠倒的新月笑眼相视，
恰似天边挂着一句
阿威尔琴柯的诗……
你的卷舌音真悦耳，
羞煞意大利歌手……”
她说：“嗐！你干吗老挤，
挤我的腰，又挤胳膊肘。
把我挤到芦苇边，
叫我怎么走……”

（1915）

小莉莉！

（代邮）

烟雾熏得够呛。
这房间就像
克鲁乔内赫写的地狱诗章。[①]
曾记否——
在这窗口
狂热的我
第一次抚摸你的双手。
今天你坐着，
铁了心。
到明天，
说不定会骂一顿，
把我赶出门。
在昏暗的门廊里，好久好久，
哆哆嗦嗦的手，穿不进衣袖。
我将跑出门去，
把身体掷向街头。

---

① 指未来派诗人克鲁乔内赫的诗《地狱里的游戏》。

变成野人，
丧失理性，
绝望的鞭子将把我抽。
不行，不能够！
好人儿，
亲爱的，
不如让咱们此刻就分手。
不论你跑到何方，
我的爱
成了一副重担
压在你身上；
让我用最后的呼喊
喊出我受冤抱屈的创伤。
如果你叫牛劳累不停，
它终将走开，
躺在凉水里再也不动。
对于我
除了你的爱
没有别的大海，
可是在你的爱情中
哪怕用眼泪也求不到安宁。
疲倦的大象也会需要安息，
威严地卧倒在火热的沙地。
对于我

除了你的爱
没有别的太阳，
可是我不知你在何地，和谁依傍。
如果诗人受到这样的折磨，
他准会抛弃所爱，去换取名利。
可是对于我
除了你的银铃般的芳名，
任何叮当响声都没有吸引力。
我不会跳下桥底去，
我不会喝下毒剂，
也不会对太阳穴压下扳机。
在我身上
除了你的目光
任何刀口的锋芒都缺乏威力。
明天，你将忘却——
我曾把王冠给你戴上，
我的爱曾烧焦花苞初放的心房；
明天，尘世的无聊日月
将转成一个狂欢节，
把我的小书一页页踩入尘土……
我的话
像黄叶般干枯，
焦急地气喘吁吁，
岂能使你停住？

我唯有

用最后一片温柔

铺垫

你渐渐远去的脚步。

（1916）

嘲

我展开五色缤纷的幻想有如孔雀开屏，
把心灵全献给出奇制胜的险韵之蜂群。
我倒想再听听报纸上的呵斥之声——
这种人
吃的是橡树之实，
却用猪鼻子拼命拱橡树之根。

（1916）

月夜即景

明月将上。
微露银光。
看哪，一轮满月
已经在空中浮荡。
这想必是
上帝在上
用一把神妙的银勺
捞星星熬的鱼汤。

（1916）

致俄罗斯

我来了——
海外来的鸵鸟，
全身长着蓬松的诗句、格律和韵脚。
我是多么愚蠢哪，
竭力想把头埋进音韵的羽毛。

不，我不属于你，畸形的冰雪王国。
灵魂哪，
深深地在羽毛中藏躲！
突然闪现出另一个祖国，
我看见——
南方的生命遭到烧灼。

一个炎热之岛。
化为花瓶——椰树悠悠。
“喂，快让道！”
唉，虚构
被踩碎了。
我只得又——

在时间的沙漠中编织串串足迹，
奔向另一块绿洲。

有些人缩作一团，战战兢兢：
“咱们走开点吧，
他会不会咬人？”
有些人弯腰打躬地奉承。
“妈妈，
妈妈呀，
他会生蛋吗？”
“小乖乖，我也弄不清。
想来应该会生。”

大街瞠目结舌。
楼房笑声粗野。
一股寒气浇得周身凉彻。
千万个指头朝我身上戳，
正当我把年代的山巅翻越。
没啥了不起！哪怕你把我冻结，
用风的剃刀刮光我的羽毛，在所不惜。
舶来的、格格不入的我
可以消灭。
任凭一切十二月疯狂肆虐。

（1916）

1917——1921 年

吃你的波罗蜜[①]

吃你的波罗蜜，嚼你的松鸡，
你的末日到了，资产阶级！

（1917）

① 据报载，十月革命时水兵们唱着这首歌攻打冬宫。

左翼进行曲

（给水兵们）

展开队形，齐步向前！
谣言蜚语，滚到一边！
演说家们，肃静点儿，
匣子枪同志，
请您
发言。
我们不能再照着
亚当夏娃的章程生活。
使劲儿猛赶
历史的马车。
左！
左！
左！①

喂，穿蓝衫的水兵！
飞起来！
飞过万里浪涛！

---

① “左！左！左！”是俄语中整齐步伐的口令，喊“左”字时迈左腿。

难道
铁甲舰的龙骨
已经烂掉？
尽管不列颠狮子
龇着金牙，穷凶极恶，
休想征服我们的公社！
左！
左！
左！

翻过
苦难的山脊，
就是光明富饶的土地。
百万群众，步伐整齐，
踩倒饥荒，
踏碎瘟疫！
哪怕雇佣军重重围困，
铁雨往我们头上落，
俄罗斯
不屈从协约国。
左！
左！
左！

我们怎能向后看？

鹰的眼睛，怎能发蒙?
无产阶级的手指
掐紧
旧世界的喉咙!
挺起胸脯，英姿勃勃，
红旗遮天，鲜艳如火。
是谁，在那里迈右腿?
左!
左!
左!

（1918）

梁赞农民谣

我可不想要苏维埃。
亲爹哟！
我只想稍微发点儿财。
亲娘哟！
我到白区去看一看，
亲爹哟！
那里接待农民真奇怪。
亲娘哟！
我跑去找杜托夫，①
亲爹哟！
他把我揍得真叫苦。
亲娘哟！
我找克拉斯诺夫，
亲爹哟！
他的拳头更加粗。
亲娘哟！
我跑去找邓尼金，

① 以下列举的都是白军头目。

亲爹哟！

他像农奴主打农民。

亲娘哟！

马蒙托夫是将军，

亲爹哟！

破口大骂狗血淋。

亲娘哟！

我说："天下人人是兄弟。"

亲爹哟！

他说："兄弟也要剥你的皮。"

亲娘哟！

我去投奔高尔察克，

亲爹哟！

他打歪我的下巴颏。

亲娘哟！

我一溜烟跑到乌克兰，

亲爹哟！

心想把气喘一喘。

亲娘哟！

谁知来了个彼得留拉，

亲爹哟！

高叫："用鞭子来抽他！"

亲娘哟！

看来白色的波罗蜜，

亲爹哟！

不是为咱们准备的。
　　　　亲娘哟！
从此我谁也不去找，
　　　　亲爹哟！
还是自己的公社好。
　　　　亲娘哟！

（1919）

国王与跳蚤的故事

（该跳蚤本名邓尼金）

有一个英国国王派头大，
穿的是银鼠皮袍不带假。
有一天他正喝威士忌苏打，
忽然间，
一只跳蚤跳过来见陛下。
跳蚤算啥？
哈哈！哈哈！

跳蚤高叫道："请雇佣我！
我能消灭布尔什维克！
可是你报酬要付得多，
要好好酬劳我干的活！"
跳蚤？干活？
呵呵！呵呵！

国王一听打心眼儿里高兴，
款待跳蚤分外殷勤。
授予它一枚爵士勋章，

还赏了它一车金和银。
大大有赏，
钱多得很。
哼哼！哼哼！

招募了跳蚤部队连跳带爬，
派上战场来和我们厮杀。
没料到我们的皮太硬，
咬崩了跳蚤们的牙！
跳蚤的牙！
哈哈！哈哈！

跳蚤将军刚把牛皮吹，
冷不防被人抓住小腿——
红军战士抓起它来只一掐，
扑哧一声跳蚤两眼发了黑。
两眼发黑！
嘿嘿！嘿嘿！

国王们全都唉声叹气。
跳蚤军遭到粉碎性打击。
听说跳蚤们今日里
再想领赏只好领个屁。

跳蚤下场

如此而已。

嘻嘻！嘻嘻！

（1919）

马雅可夫斯基夏日在别墅中的奇遇

（普希金诺，鲨鱼山，鲁勉采夫别墅，雅罗斯拉夫铁路 27 俄里处）

仿佛一百四十个太阳
把西天烧得通红滚烫。
夏天滚进了七月，
天气炎热难当，
热流
在别墅里流淌。
普希金诺丘陵
把鲨鱼山在背上驮着。
树皮似的一片片屋顶——
村子依着山坡
歪歪斜斜地卧着。
村子后面
有个坑，
太阳每天慢吞吞地
稳重地下沉，
想必是落在这个坑中。
第二天，

太阳又重新上升，
把世界
涂红。
每一夕，
每一朝，
都是这老一套，
弄得我心中
好不烦躁。
有一天，我不能忍受了，
我大发脾气，
吓得一切东西都发抖了，
我指着太阳的鼻子喊：
“滚下来！
你热烘烘地闲逛够了！”
我对太阳喊：
“你光躺在白云上躲自在，
一整天干了些啥？
而我却不分冬夏，
天天在画宣传画！”
我对太阳喊：
“等等！
金面人，听我说，
与其这样
无所事事地往下落，

倒不如
落到我这儿来坐坐!”
哎呀，坏了!
太阳，他自个儿
迈开光线的步子，
向田野里走来了——
这下我可把自己害了!
我想装得面无惧色，
可是两条腿
却老是倒退。
太阳大睁着双眼，
已经走进了花园。
他挤进门窗，
挤进每一道缝，
庞然大物——太阳
闯进了家中。
他呼了口气说，
嗓门好像打雷：
“我赶着火焰驹走回头路，
这是开天辟地头一回。
是你喊我?
来杯茶，诗人，
来点儿糖果!”
我热得发昏，

被晃得眼泪直流，
可是我指着茶壶，
向他点点头：
“好的，请坐吧，
星球！”
鬼叫我刚才太没礼貌，
对着太阳大喊大叫，
这会儿我怪窘，
坐着半张板凳，
生怕把事儿弄得更糟。
可是太阳滔滔不绝
发出奇妙的光，
使我忘了拘谨，
不知不觉地，同这个星球
聊开了家常。
东拉拉，
西扯扯，
我说：“在罗斯塔通讯社
真有点吃不消！”
太阳说：“你呀，
看问题要开阔，
不要发牢骚！
你以为我在天上
发光，

是件轻松差事？
你倒上去试试！
可是，决心干这行，
就要干到底，
兢兢业业，双眼放光！”
我们就这样谈到天黑——
我是说，
谈到了过去所谓的“晚上”。
可是这时，
哪还有“天黑”的意思？
我和他谈得挺知己的，
满口里“你”呀“你”的，
不大的工夫儿，
我已经热情满腔，
拍着他的肩膀。
太阳呢，也拍着我的背：
“你和我，同志，
咱俩真是一对！
来吧，诗人，
在全世界灰色的废物堆里，
让咱们睁眼注视，
放声歌唱。
我发射我的阳光，
你呢，发挥你的能力——

用诗发光。”
阴影的围墙，
黑夜的监牢，
遇到两个太阳的双筒枪，
立刻纷纷坍倒。
交织着的诗和阳光
向四面八方猛照！
那一位干累了，
晚上昏昏沉沉，
想躺几个时辰；
刹那之间，
我又用全副力量破晓，
于是晨钟
又把白昼敲响。
时时发光，
处处发光，
永远叫光芒照耀，
发光——
没二话说！
这就是我和太阳的
口号！

（1920）

肉市大街·婆娘·全俄规模

擦擦皮靴——1 000 000。
好一笔财产！
从前满可以买座房子，
而且比较高级、美观。

习惯于论万论亿。
在苏俄居民眼里
就连到月球的距离
也不值一提。

我起草了一份
无意义的报告单。
女打字员
大伤脑筋地问道：
“这个数字怎么念？”
叫我如何答复她?!
天晓得该怎么念——
如果

后面
跟着三十七个圈。
最近有个傻妮子
硬说她发高烧发到
三十九万度七。①
我们习惯于如此巨大的数字，
对不够两米长的数字
反觉得不可思议。
当我们
在群众大会上大喊大叫，
数学的框子已经显得太小。——
我们解决的是世界规模的问题，
或是全俄规模（起码，至少）。
“电气化?”——全俄规模！
“清党?”——全俄规模！
不知哪一个
还提出：
为了避免通讯的啰唆，
不如凿穿地心，
叫电缆直通美国。

---

① 原文把 39.7℃夸张成“三万九千度又百分之七”，系按外文习惯采取千进位制（读成 39 千度……），译文改用万进位制表示夸张。

夜深人静。
我在肉市大街上步行。
在水洼之间一纵一跳，
活像只鹡鸰鸟。
后面扑哧扑哧响，
是个推小车的婆娘，
踩着泥浆、水潭，
送东西上火车站。
排队的人把你往水里挤，
车马经过，
又溅你一身泥。
我维持着平衡，宛如舞蹈，
(这是四年来练成的技巧!)
避开各种水沟——
有的大，有的中，有的小。
可是仍然，
由于想起我娘——这一闪念，
我在邮局门前
扑通一声
摔进了泥坑。
小车翻在我身上，
上面再压一个婆娘。
我们在泥坑中
翻来翻去直扑腾。

婆娘才不管
我们的“规模”有多么宏大——
她泥浆溅了一嘴巴，
一层一层地往上爬，
站了起来，
居高临下，
对我和政权
破口大骂。
我擅于预言的舌头自由而诚实，
它与苏维埃的意志完全一致，
可是，碰到这些底层，
连我也讷讷无言，不好意思。
解决复杂的宣传鼓动问题，
我曾屡屡告捷，
但我却
无法向婆娘解释：
为什么肉市大街
污泥满街，
而谁也不肯用
全肉市大街的规模
予以解决?!

(1921)

1922——1924年

我　爱[①]

通常如此

爱，是与生俱来的天赋。
可是在职务、
收入，
以及诸如此类的事务之间，
心田的沃土
一天一天
变得板结而冷酷。
心，以身体为衣裳。
身体，又裹上了服装。
这还不够。
有个人
（荒唐透顶！）
又发明了浆硬的袖口，
连胸前也浆得笔挺。

---

① 这首长诗是作者赠给莉莉亚·布里克的。

临到老来忽然惊觉。

女子搽粉涂膏；

男子甩手如风车，做起健身操。

但是晚了。

皱纹与日俱增。

爱情如花一现，

如花一现，

从此落红无踪。

童　年

我承受了爱的天赋——不多不少。

可是有人

从童年

就得挑各种苦工的重担；

而我

却溜到利翁河①畔，

只是闲逛，

啥事儿也不干。

妈妈生了气：

“这个小赖皮！”

爸爸吓唬我：

“等我用皮带抽你！”

---

① 流经马雅可夫斯基出生地库塔伊西的河。

而我

捡了三卢布假钞票的洋财，

在篱笆下和兵老总赌牌。

免除了衬衣的重压，

免除了鞋子的拖拉，

我在库塔伊西的骄阳下，

先晒晒背部，

再烤烤肚子，

直烤到肚子饿了才罢。

太阳大为惊奇：

“小得难以看见的小东西！

居然

也有一颗心。

从小就有感情！”

可是在这不满三尺的小东西里，

哪来的余地——

容纳我，

容纳江河，

外加方圆几百里的

石山峭壁?!

少　年

少年的功课，多得不得了。

各式各样的语法

教得少男少女们昏头涨脑。

而我

却从五年级被赶出来了，

蹲遍了莫斯科的监牢。

在你们

舒适的小天地中，

专为卧房的需要

涌现出一批鬈发的抒情诗人。

但这种哈巴狗的抒情有什么内容?!

而我

却在捕得而克监狱

学会了

爱的课程。

我为何要对布龙森林[①]无限眷恋?!

我为何要对海上美景长吁短叹?!

我在“殡仪馆”中

爱上了

第 103 号单人牢房的

小小窗眼。

别人看到太阳每天升起，

态度轻蔑：

“这些光线值几个钱?”

① 法国巴黎风景区。

而我

在那时节，

为了墙上那个黄澄澄的光斑，

愿意牺牲世上的一切。

我的大学

你们懂法国语言。

会乘除。

会加减。

对俄语语法更熟练。

那就摆弄你们的语法去吧！

可是请回答：

你们能不能和房子共鸣？

你们懂不懂电车的语言？

人类的小雏

刚从蛋壳孵出，

就捧起了书，

拿起了练习簿。

而我却翻着铁皮书页，

从招牌上学认字母。

人家把大地

压缩，

剥皮，

制成一个地球仪，

再来学习。
而我
却用一身皮肉来学习地理——
当我到处露宿，
走到哪里躺到哪里，
切身印象大有教益！
历史学家为疑难问题伤脑筋：
“巴巴罗斯①的胡子到底红不红？”
随他们去考证！
我不挖掘这些尘封的谬论——
莫斯科发生的事件
就是我的历史教程。
人们用杜勃罗留波夫②装门面
（以便表示恨恶而爱善），
但你们的姓氏反对他，
你们的家族骂声不断。
而我
从小就养成了
憎恨大肚皮的习惯，
当我出售自己——
为了糊口吃饭。

① “日耳曼族罗马帝国”皇帝。“巴巴罗斯”是意大利语“红胡子”的意思。
② 俄国著名革命民主主义者，文艺评论家。他的姓氏在俄语中是“爱善”的意思。

人家学业告成，

满座高朋，

为了讨阔太太的欢心，

从愚蠢的小脑瓜儿里

挤出几丝儿自作的聪明。

而我

只和满街的房子

对话。

我谈心的唯一伴侣是水塔。

无数屋顶张开了天窗之耳，

凝神细听我说的每个词儿。

然后

它们又吱吱嘎嘎地唠叨，

谈谈夜话，

互相把私事聊聊，

没完没了地

转着它们的舌头——风向标。

成　年

成年人有生意做。

口袋里钞票大大的有。

想爱？

请便！

拿出一百多卢布就够。

而我
无家可归，
破烂的口袋里
只装着两只大手。
圆睁一双大眼睛，
流浪街头。
夜色降临。
你们打扮一新。
在妻子们和寡妇们身上
进入了温柔乡。
而我
却被莫斯科抱得紧紧——
用花园大街长长的环形臂膀。
情妇们
心之钟
嘀嗒个不停。
合欢床上成双对，情意无穷。
而我
却躺在基督受难广场
静听首都的心脏
狂野地跳动。
我把自己敞开，
把我的心几乎暴露在外，
向阳光和水洼

一视同仁地打开我的胸怀。
走进来吧，受难式的激情！
爬进来吧，各种各样的爱！
从此，我对心再不能控制。
我知道别人的心的住址。
心在胸中——谁个不知！
而在我身上
解剖学发了疯——
整个儿全是心，
轰隆轰隆地跳动。
多少春光啊，
多少春情，
20 年来往火热的我里灌！
这一笔从未花费过的积累
变成了挑不起的重担。
我确实是
力不能支！
并非做诗，
句句是实。

结果如何

大得超过应该，
大得超过可能——
仿佛是梦魇压住了诗人，

这一团心

膨胀成了庞然大物：

巨大的爱，

巨大的恨。

在重负之下

双腿摇摇晃晃。

尽管

你知道

我体格很壮，

也被压弯了一米宽的肩膀。

我胀满了诗的奶汁，

却流不出一滴；

似乎再也没处可装，

它却还在膨胀。

我是世界的奶妈，

被抒情诗胀得痛苦异常——

这是对莫泊桑的原始形象①

作了一点儿艺术夸张。

我呼唤

我高举我的心——

---

① 莫泊桑在短篇小说《田园诗》中描写一个年轻的奶妈，在乘火车时双乳发胀，痛苦异常，不得不请乘客吮吸以解除痛苦。

仿佛是杂技演员，
仿佛是举重冠军。
正像失火时，
召唤各村都来救火；
正像选举时，
召唤选民都来投票——
我呼唤道：
“心在此！
瞧！
拿去！谁要?”
对这发出叹息的庞然大物，
女士们
不屑一顾，
却以火箭速度
逃避我，
乱踩积雪，
溅起泥泞，
扬起灰土。
她们说：
“我们情愿要小一点的，
我们希望它
纤巧如一场探戈舞……”
我扛着我的重担——
尽管我已无力再顶。

我想把它扔掉——
可是我知道
决不能扔！
肋骨再也顶不住压力，
用力过度的胸腔发出爆裂之声。

你

你不慌不忙
走了过来，
透过狮子吼，
透过高身材——
你一眼看透：
不过是个小男孩！
你一把夺走
我的心，
满不在乎地
玩了起来，
就像小姑娘拿到个皮球
就在地上拍。
其他女性一见，
全都吓破了胆，
太太往这儿躲，
小姐往那儿钻。
“居然爱这么个家伙！

他猛扑过来怎么办？
这想必是个驯虎女郎，
想必早已和野兽住惯！”
我欢欣若狂。
千钧重担
不再压在身上！
我得意忘形，
我蹦跳如野马，
我舞蹈如印第安的新郎。
多么愉快，多么轻松啊，
我想飞翔！

不可能

一个人不行——
搬不起大钢琴；
想搬起保险柜——
那就更不配。
这不是大钢琴，
也不是保险柜——
我岂能把我的心
重新再搬回？
银行家都知道：
“我们财富无限。
口袋装不了，

装保险柜才保险。”
我把爱
交给你收藏，
犹如把钱财
藏进了铁箱。
藏好了，
我得意的神态
好像克利色斯王①。
除非偶然，
如果我真想破费一点，
就取出一笑，
取出半个笑，
或者更小的零钱，
和别人饮酒寻欢，
在深更半夜
支出十来块抒情的零钱。

我也是如此

即便是舰队——也要回到港湾。
即便是火车——也要奔向车站。
至于我就更不待说，
（要知道：我在恋爱，）

① 古代小亚细亚的一个国王，以富有著称。

我被更强的力吸引到你身边。
普希金笔下的吝啬骑士
常到地窖里去欣赏藏金。
我也是如此
经常要回来找我爱的人。
这颗心是我的，
我欣赏我的心。
别的男人们愉快地回家。
把身上洗洗刷刷，
把脸上的胡子刮刮。
我也是如此
回到你身边，——
难道说，
我走向你，
不正是回家?!
大地的儿子终将复归大地。
世人都在奔向最终的目的。
我也是如此，
只消离别片刻，
只消不见瞬时，
就百折不回地奔向你。

总　结

哪怕是吵嘴，

哪怕是远离，
都不能把爱情洗去。
它，经过检查，
经过考验，
经过深思熟虑。
我举起一行行诗的手指
庄严宣誓：
“我爱——
永远忠诚不渝！”

（1922）

开会迷[①]

当黑夜刚刚向黎明交班，
这种景象每天司空见惯：
有的到某部，
有的到某委，
有的到文教，
有的到政宣，
人流滚滚奔赴机关。

刚刚走进大楼内，
劈头盖脸文件一大堆。
匆匆挑出五十来份，
（份份都是特急件！）
干部们分头去开会。

---

① 此诗讽刺官僚主义导致会多成灾，报纸拒绝刊登，碰巧主编出差才得以漏网刊出。列宁本不喜欢未来派的诗，读此诗后却在演说中大加赞赏说："昨天我偶然在《消息报》上读了马雅可夫斯基的一首政治题材的诗，我不是他的诗才的崇拜者，虽然我完全承认自己在这方面外行。但是从政治和行政的观点来看，我很久没有感到这样愉快了。诗写得怎样，我不知道，然而在政治方面，我敢担保这是完全正确的。"

我找上了门：
“今天总该接见了吧？
我来了多少趟，已经数不清！”
“伊凡·凡内奇同志开会去了，
研究戏剧处和饲马局的合并。”

爬了整整一百部楼梯，
使我觉得连活着都乏味！
但答复仍然是：
“让你一小时后再来，
现在正在开会，
议题是省合作总社
打算买一瓶墨水。”

过了一小时再去——
既找不到男秘书，
也找不到女秘书，
剩下的只有空气！
二十二岁以下的人
统统在开共青团会议。

眼看天色快断黑，
我又爬到七层楼上去：
“伊凡·凡内奇有没有回？”

“他正在出席
甲、乙、丙、丁、戊、己、庚、辛委员会。”

我大发雷霆，
像火山爆发，
我冲进会场，
一路上喷出野蛮的咒骂。
我看见：会议桌旁
坐着的全是半截子的人。
啊呀呀，见鬼啦！
还有半截子在哪呀？
“砍人了！
杀人了！”
我东奔西窜，大叫大喊，
被恐怖景象吓得精神错乱。
忽听得秘书向我解释，
他的语气极其平淡：
“他们同时要参加两个会。
一天之内
起码要赶二十个会议。
不得不采用分身法——
上半身在这里，
下半身在那里。”

我激动得一夜睡不安生。

到了早晨，

我抱着希望迎接新的黎明：

“啊，但愿能

再召开

一次会议，

专门讨论

把一切会议扫除干净！”

（1922）

青年近卫军

地球的事业——
　　　　　　　转动，
河水的事业——
　　　　　　　奔流，
青年近卫军的
　　　　　　事业——
奔驰
　　前进
　　　　永不停留。
慢吞吞的步子
　　　　　　和我们不相配，
在红旗下
　　　　跑步——
　　　　　　　　走！
百万共青团员的
　　　　　　　攻城槌，
冲啊！
　　　可是这还不够。

组成大军，
横扫书架，
击溃
字母的部队，
播种
和收获
思想，
前进！
可是这还不够。
展开队形，
英勇冲锋，
扑上最高的
高峰。
用新的感受
把思想
惊动！
可是这还不够。
把宇宙
像地毯似的
抖开，
掸干净
全宇宙的
蛀虫！
命令

庞大的

宇宙

朝着

更左的方向

飞行！

（1923）

125 周年纪念[①]

亚历山大·谢尔盖维奇，

让我自我介绍一下：

马雅可夫斯基。

请你伸出手，——

这儿是胸口。

听，

不是心跳，是呻吟；

这小狮子，驯成了小狗，

真叫我担心。

我从未料到，

在我这轻浮得糟糕的

小脑袋里，

竟有千吨重、

万吨沉。

我拉你走着，

你想必感到惊愕，

握得太紧？

① 此诗为普希金诞生一百二十五周年纪念而作。亚历山大·谢尔盖维奇是普希金的名字和父称（在俄罗斯，称呼对方的名字加上父称是表示尊重）。

握得疼？

亲爱的，原谅我。

我

与你

都拥有永恒。

花费个把两个钟头

对咱们

算得了什么？！

仿佛是春水——

纵情奔流，

潺潺而谈，

仿佛是春天——

打碎镣铐，

自由舒展！

你瞧天上

月亮

那么年轻，

没人陪伴

放她出来，

实在太冒险。

我

此刻

摆脱了

恋爱

和宣传画。

像一头

妒忌之熊，

虽被剥制，

可仍然尖爪利牙。

可以相信：

大地

是个斜面，——

一屁股

坐在地上

就要往下滑！

不，在愁闷中

我跟谁也不想沾边。

就连谈心

也无人可谈。

在诗的沙滩上，

只有咱们这号人

张合着

音韵之鳃，

喘息艰难。

空想既有害，

做梦也无益，

职业性的厌烦，

如此而已。

可是生活呀

忽然展现

另一个剖面，

于是

透过荒唐无稽

发现了

大有深意。

咱俩

向抒情诗

发起过多次

白刃攻击，

咱们寻求的是

准确的

赤裸裸的言词。

可是诗——

这下贱透顶的玩意儿，

它存在着，

拿它简直

无计可施。

举个例瞧瞧：

这是羊叫，

还是人话？——

“糖加业社”![1]

一副青面孔，

胡子呈橘黄色，

倒像是巴比伦王

尼布甲尼撒[2]!

来两杯吧!

我明白

这是旧习惯——

借酒

浇愁!

可是

你瞧瞧它——

装着一大堆

各式各样的签证，

驶来了

Red Star 和 White Star。[3]

我很高兴和您一起

坐在小桌边。

是诗神

使得您

---

① “糖加工业合作社”的简称，基督受难广场上竖着它的招牌：蓝色底，中间有一个糖人头，周围有橘黄色光芒。

② 据《圣经》传说，巴比伦王尼布甲尼撒因狂傲受神罚，吃草如牛羊。故上文有“羊叫”之语。

③ 英语“红星”和“白星”。这是当时经营欧美间航线的两家轮船公司。

妙舌生花。

您的那位

奥尔迦[①]

怎么说来着？……

噢，不是奥尔迦！

是奥涅金[②]

写信给塔妮雅娜[③]：

“据说

您的丈夫

是个傻瓜

和老混蛋。

我爱您，

我俩一定要

结成良缘。

在清晨

我必须有

一个信念，

这一天我一定能够

和您见面。”

什么都体验过了：

在窗口

伫立几点钟，

①②③均为普希金诗体小说《叶甫盖尼·奥涅金》中的人物。

情书，

　　神经颤抖得像果子冻。

可是，

　　真要到了

　　　　　　连忧伤也无力之时，

亚历山大·谢尔盖奇[①]呀，

　　　　　　　　　这才是

　　　　　　　　　　　　比什么都沉重。

去吧，马雅可夫斯基！

　　　　　　　　向南方望着，做灯塔去！[②]

挖空心思，

　　　　把韵律往外挤。

瞧瞧你，

　　　连恋爱都已山穷水尽，

亲爱的符拉季·符拉季米奇[③]。

不，

　我绝没有

　　　　老掉牙。

向前冲，

　　　急匆匆的步伐。

我还能轻松愉快地

---

① “谢尔盖奇”系“谢尔盖维奇”的简称。

② 马雅可夫斯基这个姓，俄文原意是“灯塔”。

③ 作者自己的名字和父名。

对付俩，

要是惹火了我——

兴许能对付仨。

他们说

我写的是

个—人—主—义—题—材！

咱俩私下说说……

免得书报检查官

骂将起来。

我告诉您——

据说——

有人看见——

两个

中央执行委员

也在谈恋爱！

瞧，

造谣诽谤

是他们的赏心乐事。

亚历山大·谢尔盖奇，

您别听信

一面之词。

说实在的，

也许只有

我一个人

真正惋惜

　　　　您

　　　　　今天已

　　　　　　　　不在人世。

趁我

　　还活着，

　　　　　应当和您

　　　　　　　　谈妥。

过不久

　　　我也将沉默，

　　　　　　　　走进坟墓。

死后

　　咱俩

　　　　几乎是肩并肩：

您排在“派”（П）部，

　　　　　　　　　而我呢，

　　　　　　　　　　　　就排在“爱姆”（M）。

谁挤在咱们之列?

　　　　　　　您让我与谁为伍?!

我国的诗人

　　　　　实在是

　　　　　　　　屈指可数。

咱俩之间，

　　　　真遗憾，

夹进个纳德孙。①

咱们申请

把他往后挪挪，

归入“夏”（Ш）部！

而涅克拉索夫，

小名柯里亚

（阿辽沙是他父名），

他既能玩牌，

又能写诗，

看起来也很俊。

认识他吗？

他是个

好样的庄稼汉。

他

是咱们一伙的人，——

让他留在“爱恩”（H）。

现代诗人呢?!

拿五十名

换一个您，

可别便宜了他！

哈！

---

① 19世纪俄国诗人。“纳德孙”俄文排在H部，在M和П之间。下文提到的大诗人涅克拉索夫姓氏也是H开头。

小心
打哈欠
打掉了下巴！
多乐哥琴柯、
格拉西莫夫、
基里洛夫、
罗多夫——
一个模子印的
国民教育部的
风景画！
唉，叶赛宁①，
这伙冒充农民的小丑。
可笑！
戴羊皮手套的
母牛。
只消一听就……
其实，他只是大合唱的一员，
一个三弦琴手！
诗人
不能光会吹，
和生活也要配。

① 著名意象派诗人，生于农民家庭，其作品多描写宗法制度下的农村田园生活，并流露悲观情绪。

咱们性子烈，

冒着波尔塔瓦酒的

酒精味。

那么，

这位别惹绵斯基如何呢?!

一般……

没啥……

一杯胡萝卜熬的咖啡。

不错，

我们有

阿谢耶夫，

小名柯尔卡①。

这人行。

有两下子

我的笔法。

要知道还得

挣钱过日子!

人口不多，

也要养家。

假如你活着，

准会当

① 未来派诗人。

《左翼》杂志[①]的编辑。

我可以

把宣传诗画

委托给你。

只消交代几句：

“如此

这般……”

您就能完成。——

您有漂亮的文笔。

我请您宣传

化妆品

和呢绒衣料，

给您印些

百货公司的美人

做广告。

(瞧，我还诌了两句

抑扬格，[②]

全是为了

使您

兴致高。)

但时至现代，

---

① 马雅可夫斯基主编的未来派刊物。

② 这一节诗原文是用抑扬格写的。按抑扬格是普希金爱用的格律。

您不要再哼

“抑扬”了吧！

今天，

咱们的笔尖

是刺刀

和铁叉——

革命战役

比《波尔塔瓦》①

更壮阔，

而爱情

也比《奥涅金》

更宏大。

对那些普希金学家

可要多加小心！

手握锈钢笔，

跑来个

旧脑筋的泼潲希金②：

“听说

《左翼》编辑部

也出了个

普希金。

① 普希金的长诗。

② 果戈理的小说《死魂灵》中一个顽固吝啬的地主。

好一个黑种人！[1]

倒想跟杰尔查文[2]

来竞争！……”

我爱您，

但我爱的是活的您，

不是木乃伊，

不是涂得

油光光的

笺注本。

我估计

您在世时，

和我一样，

也曾火山爆喷，

你这个非洲人！

狗养的丹特士[3]！

上流社会的浪荡子。

只要一旦找到这个丹特士，

我们得查查他：

“你是谁的儿子？

1917年以前，

---

① 普希金母亲的祖父是非洲黑人。

② 普希金的先驱者，古典主义诗人。普希金十五岁时写的诗曾受到杰尔查文赞扬。

③ 流亡俄国的法国保皇党人，追求普希金的妻子，并受沙皇宫廷的唆使，与普希金决斗而把诗人杀害了。

你干过些什么事？”①

可是，

说这些闲话干啥？

倒像招魂似的。

都这么说：

当了名誉的俘虏……

饮弹身死……②

各式各样的

流氓

想调戏我们的妻子——

这种人

直到如今

还有的是。

我们在苏维埃国家

生活挺好。

日子过得去，

工作也协调。

可就是

没有诗人，

---

① 这是当时填履历表的重要项目。

② 普希金遇害后，莱蒙托夫作《诗人之死》悼念，诗的第一节是：

诗人死了！——当了名誉的俘虏，
倒下了，遭了流言蜚语的侮辱。
胸怀一粒铅弹和一颗复仇的心，
他垂下了高傲的头颅！……

真叫遗憾，——

话又说回来，也许

没有也就拉倒。

好吧，到时候了：

黎明

烧红了天色。

别弄得

民警

到处找

您的下落。——

在特维尔街心公园

人们对您

谁不熟悉?①

好吧，请了!

我可以扶您

登上台座。

如果给我

立一座生前纪念碑

（够条件的），

我就安上

甘油炸药，

轰！把它炸平。

---

① 指普希金铜像。

我憎恨

　　死气沉沉！

我崇拜

　　一切生命！

(1924)

塔玛拉与恶魔

就这么一条
　　　　　捷列克河，①
引得无数诗人
　　　　　　歇斯底里发作。
我没见过捷列克河，
　　　　　　　　岂不遗憾终身？
我大摇大摆
　　　　　走下公共马车，
朝捷列克河
　　　　　吐口唾沫，
把手杖
　　　在滚滚浪花里
　　　　　　　　戳戳。
好在哪里？
　　　　乱糟糟，闹哄哄！
好像警察所

① 高加索山区的一条河。

搜来个酒醉的叶赛宁，

又像卢那察尔斯基[①]

赴矿泉名胜波尔荣，

在此路过，

随手把这条河

组织而成。

我正想把

高傲的鼻子

转向他处，

在这关键时刻，

我却忽然凝住——

流水的闪光、

浪花的飞舞

对我

施了

催眠术。

瞧这座塔

像支手枪

向空中瞄，

瞄准了

苍天的额角。

多么完整的美！

---

① 当时任教育人民委员，负责领导文艺工作。

令人惊叹，倾倒。

我看，

该划归

艺术院长柯岗领导。

我站着发愣，

无名怒火

把我煮沸，

我真蠢，

简直是个窝囊废！——

干吗放弃荒凉、

嶙峋、

粗野的美，①

而换来些名声、

书评、

辩论会？

我的位置

在此地，

而不在那些《红色园地》，

我要扯断

所有吉他的曲调，

放开喉咙

呐喊，

---

① 指作者出生地外高加索山区的格鲁吉亚。

吼叫，

连一分钱的稿费

也不要。

我的嗓音我有数：

腔调虽不像样，

却令人生畏，

具有狂野的力量。

见过我的人

都深深相信：

我

能唤醒

塔玛拉女皇。①

女皇心情激动，

却装作矜持，

做了个尊严的

手势。

我马上

将她一军：

“你是女皇

或是洗衣妇，

我全不当一回事！

---

① 古代格鲁吉亚女皇。诗人莱蒙托夫对她作了传奇式的描写，说塔玛拉用歌声邀请旅人到塔里尽一夜之欢，然后把来客投入捷列克河。

再说，

你唱的歌——

报酬几何？

倒不如洗衣服

能补助家庭生活。

这荒山秃岭

白送给你的东西不多，

只有泉水能解渴，

尽你喝！”

女皇闻言大怒，

手按剑柄，

好像挨了土枪的

野羊

往起直蹦。

可是我对她

自有办法摆弄——

亲切地

挽起手臂……

“夫人你等等！

干吗像火车头似的

气呼呼？

抒情诗

是联结我们的纽带，

还真托福！

我早就知道你，

了解得相当清楚。

向我介绍的人——

他叫莱蒙托夫。

他赌咒说

你热情似火，

举世无双——

这就是我心目中

你的形象。

我对爱情

早已久等，

年龄已 30 以上。

让我们相爱吧！

不用什么排场。

就叫悬崖峭壁

铺作鸭绒鹅毛。

我要把你藏好，

神看不见，

鬼找不到！

你何必爱恶魔？①

一个精灵！

① 莱蒙托夫在著名长诗《恶魔》中塑造了一个叛逆的精灵——恶魔，与郡主塔玛拉相爱。马雅可夫斯基故意把两个塔玛拉扯到一起了。

神话传说！

而且他

年纪也已太老。……

不要把我

推下深渊，

请发慈悲！

其实我面对

大苦大难

仍然无畏。

就连撕碎

我的西装

也在所不惜，

摔坏胸部腰部

更无所谓。

在这儿，

只消

准确的一击，

就能落入捷列克河，

不见踪迹。

在莫斯科挨打

凶得多，

不能比——

从楼顶打到楼底，

你算算楼梯

有多少级？

我说完了，

以下的事我可管不着啦！

让帕斯捷尔纳克

涂涂改改，

乱写乱画，

去描写这个故事好啦！①

至于咱们俩……

请同意吧，塔玛拉！”

故事再往下去

不便写在书里。

我是谦逊的，

我就此停笔。

恶魔自己飞来

偷听了一阵，

只好垂头丧气，

溜走了，

仅仅留下一股臭气。

莱蒙托夫

藐视时差，

来看我们两位，

神采奕奕地说道：

---

① 指未来派诗人帕斯捷尔纳克的《怀念恶魔》一诗。

“多么幸福的一对!”

我是好客的主人:

“来一瓶葡萄酒!

亲爱的塔玛拉,给骠骑兵[①]斟一杯!”

(1924)

① 莱蒙托夫当过骠骑兵,并被流放到高加索。

不准干涉中国！

战争——
帝国主义的产物，
像个魔影
向世界进迫。
怒吼吧，工人：
“不准
干涉中国！”
喂，麦克唐纳①，
不许骗人！
在国联里
不许一派胡说。
主力舰，撤回去！
“不准
干涉中国！”
使馆区里
俨然是些太上皇，

① 当时的英国首相。

策划阴谋，

团团而坐。

我们要扫除蜘蛛网。

“不准

干涉中国！”

苦力，

不要为他们扛麻袋，

不要为他们

拉黄包车，

挺起脊梁来！——

“不准

干涉中国！”

他们想压碎中国，

当殖民地。

人民四亿

岂是一群乌合？

中国人，高呼吧：

“不准

干涉中国！”

到时候了，

赶走这群混蛋，

从长城上

把他们打落。

“全世界的海盗，

不准

干涉中国!”

我们

乐于支持

一切奴隶，

用战斗，

用指导，

用援助。

中国人，咱们站在一起!

“不准

干涉中国!”

工人们，

把强盗之夜冲破，

把燃烧的口号

像照明弹似的

掷上天空：

“不准

干涉中国!”

（1924）

1925年

登上旅途[①]

剪票——

　　咔嚓！

　　　　吻别——

　　　　　　吧嗒！

哨音响处，

　　我们向远方出发。

那目的地

　　天下太太小姐

　　　　　　无不向往，

像鱼一样

　　成群游去，

　　　　　自投丝袜的罗网。

今天初到——

　　　　土气而又寒碜，

明天重逢——

　　　　叫人不敢相认：

① 1924 年秋作者旅行巴黎，作诗八首。选译其四。

名城和嘴唇
互相比赛时新，——
口红
加灯光化妆品。
快乐的人们
竞相往这儿钻。
身居巴黎
就和忧愁绝缘！
在巴黎城，
就连广场
也冠以“明星”，
夜空繁星
更是“明星”争艳。
打唿哨，
挤进去，
往里钻，
加塞儿，
穿过列日，
擦过布鲁塞尔……①
可是像我这种
俄式分子儿
却忍受不了巴黎、

① 莫斯科到巴黎的火车途经比利时的列日、布鲁塞尔。

列日、

布鲁塞尔的

势派儿。

真不如

坐上俄国雪橇，

滑过雪野，

像一张报纸可地铺……

黑海之滨的草原啊，

风声呼呼，

我情愿让

你的雪花

把我埋住……

暮色，

田野，

灯火辉耀，

旅途啊，万里迢迢。

胸膛

充满不安，

心里

一片焦躁。

磕，碰，

磕，碰，

诗在舞蹈。

磕，碰，

磕，碰，

韵律在敲。

磕，碰，

磕，碰，

颠簸不停……

各国和各族

居民

正翻垦着风俗的田垄，

看见我

把自己

颠簸成这样，

都说：

这人得了寒热病。

（1925）

魏尔伦和塞尚[①]

我每天踱步，

　　　　　把四米地面丈量，

在桌子、柜子角上

　　　　　　　　碰碰撞撞。

坐落在短短的

　　　　　　首次战役街上

这伊斯特里亚饭店

　　　　　　　　真把我挤得慌。

我不舒坦。

　　　　巴黎的生活

　　　　　　　　　不是为我们而安排，

满腔烦闷

　　　　在林荫大道上徘徊。

往右的大道

---

① 魏尔伦是 19 世纪法国著名诗人，象征派的奠基人之一；塞尚是 19 世纪法国印象派画家，以运用色彩造型著称。

叫作“诗坛山”①，
往左的大道
叫作“拉斯拜”。
我徘徊又徘徊，
不吝惜鞋后跟，
像一名刻板的诗人，
我不分日夜
行行重行行，
直到眼中
出现了幻影。
雾，是理发师，
能造出幽灵来，
能把一个路人
化装成
胡子满腮——
“晚安，屠格涅夫先生。
晚安，维阿尔朵太太。”②
唠叨起来没完：
“我们为什么奋斗来着？
瞧瞧罗亭③……

① Montparnasse 音译蒙巴纳斯（在希腊神话中原是文艺保护神阿波罗和缪斯女神们居住的地方），是巴黎的艺术家聚居区。

② 屠格涅夫晚年旅居法国，19 世纪法国著名歌唱家维阿尔朵夫人是屠格涅夫的密友。

③ 屠格涅夫著名小说《罗亭》的主人公，是多余的人的典型，后牺牲在 1848 年巴黎巷战中。

而你们

放火烧庄园……”

他们这一套

俄侨的言论

使我腻烦，

为了躲避，

我一头钻进

咖啡馆。

哟，

这是他，

好一只猫头鹰——

腐烂菌

朽蚀不了

伟人。

我抬抬帽子说：

你过得好吗？

亲爱的同志——魏尔伦！

我怎么认识你的？——

您，谁不认识？

可真正会面

却有待今日。

四十年来

你喝不完

自己的苦艾酒①——

那数以千计的翻印诗。

你的大作

我过去

拜读太少，

而现在

偏偏又

不再时髦。

我很想通读一遍，

可惜又

莫名其妙——

俄文译本

实在太糟糕。

请别生气——

你对我的了解

想来也不过是

听说而已。

让咱们

聊聊旅途琐事，

聊聊咱们这行手艺。

如今

坏诗

① 魏尔伦爱喝苦艾酒，称之为“绿仙”。

成了垃圾堆。
遇到好诗
更感到可贵。
写出一句好诗，
我也甘愿
肝胆涂地
而不悔。
用笔尖和嘴唇
抚爱纸，
涂些恶心不堪的
词句，
这种诗人正像
身价一卢布的妓女，
和随便什么字眼
都可以同居！
我愿为今日
献出一生，
啊，这是多么宏伟！
“无产阶级”
这个词儿，
您品味品味——
只有宏伟
方能与它匹配。
这工作

需要
泼出命来干，
可我们
却被当作
不值钱的副刊。
哪天才能弄懂：
做诗
也是劳动，
也需要地方
和时间！
“面向农村”——
只听得一声号召，
诗人朋友
全都弹古丝理琴[①]的曲调！
但要知道
我的面孔
只有一张，
它是面孔，
而不是风向标。
忽听得国家学术委员会
提醒你：
事情还没完哩，

① 俄罗斯民间乐器。

别着急，
"诗人吗？
这纯属
个体小生产，
纯属手工业，
而没有发动机。"
真该用笔尖
刺穿这种人的
舌头，
把他钉在历史上
当作怪物收藏。
他撒谎！
世上何曾
发明一种汽油，
竟能发动
人的心脏？
思想
可不能
掺水。
掺了水
就会受潮发霉。
没有思想
诗人
从来就不能活，

难道我
　　是鹦鹉？
　　　　是画眉？
要认真考虑
　　　　工人的需要，
别再认为他们
　　　　欣赏不了。
诗人们
　　改过
　　　要趁早，
快抛弃那些
　　　陈词滥调的韵脚。
我们的诗人
　　　能把时事跟踪，
能写出
　　昨天的
　　　　雷声隆隆；
可我们应当
　　　向前——
　　　　　冲进明天，
迈的大步
　　　撕得那
　　　　裤子都要裂缝！
在公社花园里

回忆起

行吟诗人儿——

什么鸟

能唱出

这种调门儿？

且听瓦尔金[①]同志

占着高枝儿，

唱出各种指示来

是个什么味儿?!

咱一把抓住他喉咙。

“你叫，你叫，

市侩嘴脸，还没打肿?”

我瞧见，

妒忌

在燃烧，

在我的写生对象的

眼睛中。

魏尔伦的泪

滴进了

酒浆。

瞧他这一副

牙疼的苦相。

---

① “瓦普”（全苏无产阶级作家联盟）负责人，评论家。

这时

朝我们

走过来

保尔·塞尚：

“魏尔伦，

我就照这样

给你画幅像。”

色彩多鲜明！

我看。

他画。

塞尚先生，

请恕我说句粗话：

我们那儿的老头们

听到您的大名

就惶恐趔趄，

好比缰绳兜住了马尾巴。

想从前，

我们有时崇拜的

是凡·高，

有时的时尚

正是塞尚。

现在的人

却从艺术之路

偏到一旁——

崇尚的不是色彩，

而是官衔直上。

小把戏们

嘴唇儿上

还沾满奶汁，

但从小

就知趣之至。

获得了

“革俄艺联”

漂亮牌子，

干的是

替负责干部挠痒痒的

差事。

有人替我画像吗？

怕未必。

没有好处，

岂肯动笔？

虽说

面孔差不多，

他们却不理，

大家画的是

相当中央委员

那一级。

塞尚的笔

停止在

线条中间，

被感动得

感慨万端。

而圆宫酒家窗外，

巴黎的色彩

已经染上了苯胺紫，

恰似紫罗兰……

(1925)

咖啡馆

常言道：

"条条道路

通罗马。"

对"诗坛山"的居民

却不能说这话。

我可以打赌：

不管是勒莫、

罗慕洛，[1]

还是勒慕洛和罗莫，

都要来到

圆宫酒家。[2]

几百条路

都通

咖啡馆门口，

沿着林荫大水道

① 诗人玩文字游戏，指传说建立罗马城的罗慕路斯及其兄弟勒莫斯。

② La Rotonde，蒙巴纳斯区著名的咖啡馆兼酒家，其来客签名簿上留有无数世界名人的签名。

鱼群都往这儿游。

我也游了进来：

“侍者，

来一客

美国

grog 酒！”

起初，

嘴、

脸、

言语

全被咖啡馆的嘈杂

搅拌在一起。

但过不久，

从一片嗡嗡声中

孵出了字，

字

又串起了句：

“刚才

这里走过了

马雅可夫斯基，

是个瘸子！

难道你没注意？”

“他跟谁一起？”

"跟尼古拉·尼古莱奇①。"

"哪一个?"

"就是大公阁下……"

"跟大公?

别说胡话!

他

秃得溜光,

胖得滚圆,

他是肃反人员——

派来这里

搞爆炸。"

"炸谁?"

"目标——布龙公园……

执行者——

就派米什卡……"

另一个出来纠正:

"一派胡言!

马雅可夫斯基的名字

不是米什卡,

是巴维尔。

我常招呼他:

亲爱的巴维尔,

① 沙皇时期的俄军总司令,当时流亡法国。

来坐会儿！

还有他的夫人——

公爵小姐，

三十来岁，

黑头发……”

“谁的夫人？

马雅可夫斯基？

他没结婚呀！”

“谁说没结婚？

皇后下嫁了他。”

“什么什么？

皇后已经枪崩了！……”

“你相信这个？

你以为当真？

马雅可夫斯基

花一万亿

救下她的命了！

皇后一下子

变年轻了！”

一个明智的声音说：

“错了，

你们弄错了！——

马雅可夫斯基

是个诗人。”

“对对，”

插嘴的

是两个纨袴子弟：

“在莫斯科

一七年底，

肃反委员会

抄了涅克拉索夫的家，

全部家当

交给了

马雅可夫斯基。

你们以为

他自己会写诗？

哼！全是偷的，

连每个逗号，

都是抄袭。

他把涅克拉索夫

拿来零卖，

每天能卖

十块金币。”

来呀，

媒婆们！

阿加菲亚①，请起身！

① 果戈理的喜剧《结婚》中的待嫁姑娘。

有个未婚夫自荐，

人才出众。

谁见过

一个人

有这样的资格

还打光棍，

年齿渐长

还待字阁中?！……

多少世纪的古都

巴黎，

这种外侨的无聊

对你不相宜！

快把白俄的谣言

拂到耳朵后面去！

庸俗的气氛

令人无法喘息。

我走了出来，

心里发闷，

啐一声：

“呸！倒运！”

并非每个人

都会左耳进

右耳出，

有些人听了

还真相信。

读者请注意：

假如听说

马雅可夫斯基

和丘吉尔

拜了把兄弟，

或者娶了

柯立芝①的姑妈

为妻，

我最诚恳地请你

别受蒙蔽。

（1925）

① 当时的美国总统。

告　别

兑换了最后的法郎，
　　　　　　　　搭上公共汽车。
“几点钟火车开往马赛?”
巴黎
　　跑着
　　　　为我送别，
展现出
　　　不可思议的美色。
离愁别绪
　　　　快溶成水
　　　　　　　　涌上眼眶，
缠绵悱恻
　　　　把我的心房碎割!
我但愿
　　　在巴黎生，
　　　　　　　在巴黎死，
若是没有
　　　　这样一块土地——
　　　　　　　　莫斯科。

（1925）

大西洋[1]

西班牙的海岸
　　　　　　白石磊磊。
立着犬牙垛口的
　　　　　　　城垒。
十二点以前
　　　　　轮船
　　　　　　　要吃饱煤，
还要喝足淡水。
轮船
　　把包铁皮的鼻子
　　　　　　　　摇了摇，
一点正，
　　　呼哧呼哧
　　　　　　　收起了锚，

---

① 作者 1925 年访问美洲，作访美组诗，共二十二首，选译七首。此诗作于横渡大西洋赴美途中。

开船了……

欧罗巴

渐渐隐没，

越变越小。

左舷，右舷——

大块的水

奔驰后退，

巨大得像

历史的年岁。

我头上是鸟，

脚下是鱼，

而周围——

全是水。

一连几星期，

它鼓起大力士的胸膛，

有时轻轻叹息，

有时隆隆轰响，

有时勤恳工作，

有时醉得

不像样，

啊，

大西洋！

“弟兄们，我有心

向撒哈拉沙漠进军……

我只消伸伸腰，吐口唾沫——
巨轮就到了深处。
我叫你沉就沉，
叫你浮就浮。
滴水不沾？——你甭想！
我能把你煮成鱼汤。
可是人类不够我塞牙缝，
我要你们没啥用。
算了吧……
　　　　　不碰你们……
让你们一路顺风……”
海浪最善于
　　　　　撩起回忆：
叫你想起童年：
　　　　　　叫你想起
　　　　　　　　　情人的细语。
可是对于我，
　　　　　忆起的是
　　　　　　　　　风展红旗，
往事再现——
　　　　　　澎湃，
　　　　　　　　摧毁，
　　　　　　　　　　冲击！
又一阵

风平浪静，
看那晶莹透明的水，
似乎再也不必
疑神疑鬼。
猛不防
晴天霹雳
不知从何而来！
海洋底层
站起了
水的革命委员会。
从海洋的堑壕里
冒出无数
水珠近卫军、
水滴游击队，
扑上天空，
又落入大海，
把泡沫的紫红王袍
撕得粉碎。
所有的水
又重新
聚在一道，
推选
巨浪
担任汹涌的领导。

于是巨浪

从云端

直卷海底，

撒下了

雨点般的

命令和口号。

所有波浪

向全洋执委会

宣誓：

不获胜利

决不放下

风暴的武器！

看吧，水滴苏维埃的无边无际政权

环绕全赤道

取得了胜利。

还有最后几批波浪在开会讨论，

一阵阵喧哗，

气氛却很隆重。

焕然一新的

大洋

绽开笑容，

一时风浪不兴，

凝然不动。

我凭栏眺望：

朋友们，努力！

透过悬在船侧的

花舷梯，

我看见

海洋企业里，

波浪王会

正在苦干，

汗水淋漓。

水底下，

扎扎实实

一声不吭，

盖起了

玲珑剔透的

珊瑚宫，

好让他们

生活得更幸福——

勤劳的父鲸母鲸

和学龄前鲸童。

月亮

化为小路

铺在海面，

像平地一般，

匍匐前进

倒很方便。

可是敌人不敢来，——
大西洋
警戒森严，
瞭望长空，
一眨不眨
它的
大西眼。
时而，全身涂满月亮的漆光
而冷凝；
时而，遍体布满创伤的泡沫
而呻吟。
我望了又望——
你这大洋
使我感到
始终如一，
可爱可亲。
耳朵
永远盛满着
你的轰响；
眼睛
酣畅地痛饮
你的酒浆。
论广度、
论事业、

论热血满腔、

论气概轩昂——

和我的革命并肩而立，

你都称得上是

兄长。

(1925)

梅　毒

轮船靠近了，
　　　　　拉着汽笛
　　　　　　　　　吆喝，
像一名逃犯
　　　　　套定了枷锁。
甲板上
　　　700 人算人，
其余的是
　　　　尼格罗。
汽艇
　　从一侧
　　　　　靠拢船舷。
医生
　　从瘸腿的舷梯
　　　　　　　　上了船，
戴着牛角眼镜
　　　　　　扫视一遍：
“嗯？哪人患沙眼？”

脓疱涂上粉，

　　　　　驴粪外面光，

瞧这份卖弄

　　　　　加排场！——

头等舱

　　　趾高气扬，

傲然走过

　　　　满脸堆笑的医生身旁。

双筒鼻孔

　　　　喷出的

　　　　　　　烟

汇成一个

　　　　完整的

　　　　　　　圈，

在钻石的

　　　　珠光宝气中

生猪大王斯威夫特

　　　　　　　　头一个下船。

老长的烟斗

　　　　　辣气熏人，

这样的势派

　　　　　谁敢挨近！

在丝织衬裤里，

　　　　　　在麻纱衬衫下，

你倒去验验看

他有什么病！

海岛呀

为了保持你的贞节，

赶快拦住

斯威夫特！

可是

船长

举手敬礼，

放过了

斯威夫特——

梅毒患者。

头等舱之后

接着是二等舱，

医生对二等舱

检查不放松，

看到

鼻孔是个孔

也吃一惊，

几乎要钻进

耳朵

和眼睛。

医生扭歪了嘴，

到处挑剔，

把眼镜下的

鼻子

皱起。

从二等舱的

旅客里，

医生

挑出三个人

隔离检疫。

二等舱之后

是三等旅客——

黑压压一片尼格罗！

医生一看表：

已经三点多，

到了

喝鸡尾酒的

时刻。

“把他们

赶回底舱

去等一等。

一看就知道

有病。

样子那么脏……

而且总而言之，

牛痘也没有种。”

汤姆
在底舱中
辗转反侧，
太阳穴
气得发炸。
明天要
给汤姆
种牛痘，
然后才
放汤姆
回家。
在岸上
有汤姆的
那一口，
他妻子
头发浓密，
像石油，
皮肤
黑得油光光的，
好像
黑狮牌
皮鞋油。
在古巴
对美色

不会轻易放过！——

正当汤姆

到处奔波

找工作做，

他妻子

因为拒绝用身子

“交租”，

突然遭到

农场主

解雇。

月亮

在大海里

撒满银币，

真想跑上土堤，

跳下海去！

接连几星期

没有面包没有肉，

接连几星期

只能弄点波罗吃。

白白等来了

这班轮船，

下一班船

要隔几个星期。

但饥饿的嘴巴

怎么等得及？
“汤姆忘掉我了，
不爱我了，
抛弃我了！
说不定同白女人
同床共席！”
她赚不到工钱，
又不能偷窃，
巡警
到处转，
打着洋伞。
而斯威夫特先生
面对这
异国风味
把最卑劣的情欲
点燃。
黑色的
肉体
吸引得
斯威夫特
汗衫里
汗滋滋地。
他把美元
塞进

她手里，

寒进她

饥饿的日子里。

贞洁

和空了许久的肚子

格斗，

一方是重量级选手，

另一方

也是。

她

明确地决定：

“No!”

她

含糊地答应：

“Yes!”

从根腐烂的斯威夫特先生

已经

用肩膀推门，

走进旅店。

殷勤效劳的

电梯

把他

和她

送进了

房间……

两天后，

汤姆

终于回来，

躺下

睡下

一个礼拜。

目前

有面包，

有几个钱，

还预防了天花，

心情愉快。

可是有一天终于来临：

皮肤的

黑色当中

出现了莫名其妙的

灰色花纹，

胎儿

在母腹内

就变了哑巴，

瞎了眼睛。

日历一年一年地

翻，

关节

一天一天地
烂。
身体
腐蚀掉
一半，
伸着双手
讨饭。
特别的
眼光
向黑人射来。
每当教徒们
做礼拜，
吃斋的牧师
总要向大家指出
道德败坏的
活教材，
“上帝惩罚
他
和她，
为的是
她
接客！”
因为这，
从腐烂的

黑人骨头上
黑色的肉
腐烂
脱落。
我并不想
因此事
卷入政治，
我只是
把风景
画入画册。
有人把这
叫作“文明”，
别人则称它
“殖民政策”。

（1926）

热　带

（维拉克鲁斯——墨西哥城途中）

哦，

　热带风光

　　　　　原来如此。

我感到全身

　　　　　虎虎有生气。

而火车

　　　却没头没脑地闯去，

直往椰子树

　　　　　和香蕉林里挤。

它们的剪影——笤帚、扫把

组成一幅烦死人的图画：

弄不清它们到底是些牧师，

还是一群群艺术家。

实在难以相信

　　　　　　自己的眼睛：

从这一片乱七八糟当中

竟长出

　　　这么一种植物——仙人掌，

仿佛茶炊里
　　　　　冒出个烟囱。
在这个火炉里，
小鸟儿美得出奇。
虽说不过是些
　　　　　　麻雀而已，
羽毛却赛过
　　　　　童话里的公鸡。
我还来不及认识
这儿的森林、
　　　　　白昼
　　　　　　　和炎热，
正感到
　　　如醉如痴，
白昼和森林
　　　　　却已突然消失，
既没有黄昏，
　　　　　也没有预先通知。
哪儿还找得到地平线?!
一切线条
　　　　都消失不见。
你倒分辨分辨：
　　　　　　哪颗是星，
哪颗是

黑豹的眼?

热带的夜空

繁星密布，

最高明的会计师

也数不胜数。

八月之夜啊

塞满了星，

达到了

何等密度!

我四面望去——

一片黑漆。

我感到全身

虎虎有生气。

而火车

穿过热带而去，

穿过一阵阵

香蕉的香气。

(1925)

百老汇[①]

柏油——玻璃。

　　　　　　我的脚步

　　　　　　　　　　丁当地敲。

刹得一溜平——

　　　　　　　树木、青草。

从东向西

　　　　称为大街，

由南往北

　　　　叫作大道。

楼房的个子

　　　　　高得难以想象，

（建筑师

　　　　把它们

　　　　　　　修到了天上！）

有些楼

　　　够得着星星，

① 纽约最繁华的街道之一。

另一些

　　挨得着月亮。

美国佬

　　懒得

　　　　抬腿费力：

普通电梯

　　　外加特快电梯。

7 点钟——

　　　　人的潮，

17 点——

　　　人的汐。

机器的噪音

　　　　几乎震聋耳朵，

嘈杂声中

　　　人们

　　　　　保持着沉默。

只为问一声

　　　　　“梅克·忙你?”①

偶尔放慢

　　　嚼口香糖的动作。

妈妈

　　把奶头

---

① 英语“make money?”(赚钱吗?)

塞给婴儿。
婴儿
流着鼻涕，
吸的
好像不是奶头，
而是美元，
好像在做一笔
重要生意。
下了班，
电风源源不绝，
使你全身
熨熨帖帖。
你想入地，
请坐地铁，
你想上天，
请乘空铁。
无数车辆
在烟底下
跑，
在楼房的
脚跟底下
绕，
有的在
布鲁克林大桥上

拖长尾巴，
有的钻进
哈得孙河底的
隧道。
你眼花缭乱，
你昏昏欲睡，
但是，
广播像战鼓在擂，
从黑暗里
向头顶上喊道：
“麦斯威尔咖啡
连最后一滴
都美。”
灯光想要
挖穿黑夜，
挖呀挖呀！
不瞒你说，
简直是一片辉煌！
往左瞧瞧——
哎哟妈呀！
向右望望——
哎哟我的娘！
莫斯科来的伙计左盼右顾，
走一整天

也走不完这条路。

这是纽约。

这是百老汇。

“好·都由·都!”①

纽约城

使我兴致挺高。

但是我

不摘下我的

鸭舌帽。

苏维埃人

有我们的自豪:

在我们眼中

资产者

显得渺小。

(1925)

① 英语“How do you do!”

姑娘和乌尔沃什大厦

百老汇发了傻，

　　　　　　奔跑加喧哗。

楼房

　　从天上掉下，

　　　　　　　都在半空挂。

即便在高楼之间

　　　　　　　你也会首先发现

六十层的紧身筒——

　　　　　　　　　乌尔沃什大厦[1]。

顶上——

　　　　星星侦察排

　　　　　　　　　在侦察。

中间——

　　　　女打字员们

　　　　　　　　　疯狂地的的答答。

底层——

---

① 纽约的摩天楼之一，当时是除埃菲尔铁塔外世界最高建筑物。

“宏名全国公司。
专售汽水——苏打。”
一位十七岁的蜜丝
在窗口坐，
为了做广告
干磨刀的活。
把“老人牌”
锈刀片
放进专利铁夹，
在皮带上
呼呼地磨。
虽说胡须
没长在
她的嘴上，
她偏要装
长胡子的样，
抚摸着嘴唇
以便证明：
磨得风快，
一刮就光。
磨好一片——
闪亮，银白，
再拿一片锈的，
又磨起来。

磨好了，

做个手势，

意思是：

请进来，请购买！

磨剃刀，哪能变成富人？

路人在奔忙，

脸上没胡须，

也无表情。

资产阶级的财富有特别的来源：

你干一美元的活，

他给你一美分。

我没有美元，

没有鬈发，

也没有胡须。

嗓子里卡着

嚼不烂的

英语之残余。

但我却走近去，

嘴唇微动，

仿佛是

隔着玻璃

说开了英语：

“你坐着，

让资产阶级取乐。

傻子中的傻子啊，

你图的什么?”

但姑娘听到的却是：

“欧盆，

欧盆·的朵。”①

“你何苦

为别人的胡子担忧!

他们拿你

做广告……

再滑稽也没有……”

但幻想

吹满了

姑娘的心帆，

她听到的是：

“爱·乐芙·由!”②

我发起狠来：

“你出来

打破窗户格儿，

分发剃刀!

叫胖喉咙

尝尝滋味儿!”

---

① 英语“Open the door”。

② 英语“I love you”。

而姑娘却想象着：

“玛爱，玛爱·鸽儿”①

幻想超出了

　　　　框框的标准，

我在她眼中

　　　　变得

　　　　　　又胖又俊。

姑娘觉得

　　　　是一名职员爱上了她，

从华尔街跑来

　　　　　向她求婚。

蜜丝由于幸福

　　　　　而发颤，

相信我是个

　　　　有钱的老板，

为她

　　已经

　　　　在楼上

安排好了

　　　　不要钱的

　　　　　　饭桌

　　　　　　　　和套间。

---

① 英语“my girl”。

啊！如何在她头脑里

放进

锋利的思想之刀，

让她明白俄国人走的是另一条道，——

工人可以

住进各层楼上，

不靠幻想，

不靠遗产，

也不靠嫁个阔佬！

（1925）

正人君子

如果你
　　　敌情观念
　　　　　　　　已经削弱，
贸易和
　　　新经济政策
　　　　　　　　　使你热情枯竭，
如果你
　　　已把仇恨忘却，
请你
　　来到这儿——
　　　　　　　　　来到纽约。
在几英里的长街里
　　　　　　　　　捉迷藏，
冒着那
　　　刺猬似的灯光，
请你跟着我，
　　　　　　像小人国居民一样，
在他们的高楼

脚下

逛一逛。

看见吗？

那边，

在垃圾堆里扒，

为了养活孩子，

寻找食物的残渣；

这边，

小卧车

超过了公共汽车，

把珠光宝气的太太

送往大厦。

你再往里瞧瞧，

望进这些窗口——

她们的华装异服

在这里绣。

只是空中铁道

金属的叮当

掩盖了女裁缝

肺痨的咳嗽。

老板——

一副嬉皮涎脸的劲儿，

双颊鼓得

和长疖子一般无二，

手摸着

女工的乳房：

“谁叫我高兴，

我认谁做干女儿！

要是一百元不够，

我给你两百元，

我能叫忧愁

永远离开

你的双眼！

从今后，

你的生活

就像是蔻妮岛，

就像是

张灯结彩的

游艺园。”

她被带走了。

第二天

可不得了——

一群不男不女的老太婆

狼也似的嗥叫，

捉住了淫妇，

把她全身

涂满沥青，

粘满羽毛。

而老板
　　　却在“广场”饭店里，
举起酒杯
　　　　讨好上帝，
一对老鼠眼
　　　　　直往云端瞟去：
“Thank you
　　　　　　保佑我好生意！”
放心吧，
　　　你的家庭子女
　　　　　　　　很安全，
你的寡欲和德行
　　　　　　没危险，
“救世军”① 的
　　　　　　鼓乐喇叭
正在为你的
　　　　　美德
　　　　　　　大肆宣传。
上帝对你
　　　　也绝不会有
　　　　　　　　责备之心，
普赖吞神父——

① 宗教慈善组织。

神的代理人

正要接受
　　　　你的捐款，
为上帝修圣器室，
　　　　　　　　还为上帝他妈
　　　　　　　　　　　　买头巾。
警察岂敢
　　　　对你举起棍子？
标榜民主的
　　　　　柯立芝
正从手指缝里注视，
一心祝你
　　　　发福不止。
你们的自由神——
伪善、
　　金钱
　　　　和脂肪的卫兵，
正在苍天的拱顶下
　　　　　　　　巡行，
伸出巨掌
　　　　罩住哀离思岛[1]监狱的屋顶。

（1925）

---

① Ellis Island，纽约港口紧挨自由神塑像的小岛，上有监狱。

布鲁克林大桥[①]

欢呼吧，柯立芝！

这是你得意之时！

对好事，

　　　　我赞扬，从不吝啬。

但在赞扬面前

　　　　　　　　你该红脸，

像我们红旗的布，

　　　　　　　　　一直红到耳朵，

哪怕你是个

　　　　　　　美利坚

　　　　　　　　　　了不起合众国。

好像狂热的信徒

　　　　　　　　　进教堂

　　　　　　　　　　　　祈祷，

好像严守清规的修士

　　　　　　　　　　进庙

① 纽约的布鲁克林大桥当时是世界最大的吊桥之一。

修道，
在黄昏的
灰暗的幻觉里
我谦恭地
走上了
布鲁克林大桥。
好像战胜者
闯进
被摧毁的城市，
跨着
长颈鹿式的
高昂的大炮，
扬扬得意，
为光荣所陶醉，
我骄傲地
登上了
布鲁克林大桥。
好像笨画家
紧盯
博物馆的圣母像，
目光流露着
爱慕和倾倒，
我披满身星斗，
从云端上

向纽约眺望，

透过布鲁克林大桥。

纽约的傍晚

闷沉沉，

使人忘却

它有多高，

有多重。

唯有在

玻璃窗

透明的闪光中

依然耸立着

楼房的精灵。

这里能隐隐听见

空中铁道的响声，

唯有这

轻轻的响声

告诉我们：

列车

正在空中

运行，

仿佛

拾掇碗碟，

当当丁丁。

河边的糖厂

似乎被水面笼罩，
小店主
用船装糖
往各地运销，
你瞧瞧，
穿过桥下的那些船桅
比一根根大头针
还要细小。
我为这
钢制的英里
感到豪壮，
它身上
体现了
我的幻想：
为结构斗争，
而不是为式样，
严格地计算
螺母
与钢梁。
假如
世界末日
真的来到，
天下大乱
把地球

整个儿毁掉，
而仅仅
留下
这座
高耸在劫灰之上的桥——
那么，
就像从
片片碎骨
复原成
博物馆里的巨型
爬行动物，
千百年后的地质学家
也会这样，
从这座桥着手
恢复
现代世界的面目。
他会说：
“瞧这只
钢的巨爪
曾经联结
草原与海涛，
从此地
欧罗巴
向西横扫，

迎风

　　撒落了

　　　　　印第安的羽毛。

这根肋骨

　　　　和机器

　　　　　　　不能分，

试想想：

　　　赤手空拳怎么够用，

如果要迈出钢腿

　　　　　　　跨到

　　　　　　　　　曼哈顿，

再紧紧拖住

　　　　　布鲁克林的嘴唇？①

根据有电线——

　　　　　　　电的发辫存在，

我敢断言

　　　　这已是

　　　　　　　蒸汽之后的时代。

这里的人

　　　　已经用无线电

　　　　　　　　　　打招呼，

这里的人

① 曼哈顿是纽约中心的一个岛，由大桥与布鲁克林区相联结。

已经用航空
往来。
这里的
生活
对一些人
是尽情享乐，
对另一些人
是号哭和饥饿。
就从此地
多少失业者
曾经头朝下
投入
哈得孙河。①
再往下，
我的考证
不再有难题，
沿着琴弦似的
钢缆
一直能升到群星的脚。
我看到——
这里

① 作者最初对纽约工人朗诵这首诗时，有听众喊道："马雅可夫斯基同志！不要忘了，常常有失业者从这座桥上投河！"于是作者增补了这一小节。

曾站着马雅可夫斯基，

冥思苦想地

把诗句推敲。

好像爱斯基摩人

瞧着火车，

好像狗虱

叮着耳朵，

我盯着

布鲁克林大桥——

好家伙，

真出色！”

（1925）

回家去!

快飞去吧，

　　　　满腔心潮!

让灵魂深处

　　　　　和海洋深处

　　　　　　　　　　相拥抱。

谁能够

　　　永远没一点儿心事?

依我看，

　　　只有傻子才能做到。

我乘的船舱

　　　　　是最次的一等，

整夜，我头顶上的舞步

　　　　　　　　　　敲打着铁砧。

整夜，

　　扰乱了甲板的平静，

传来舞曲声，

　　　　　旋律在呻吟:

“玛儿姬塔，

玛儿姬塔，

我的玛儿姬塔，

为什么你

玛儿姬塔

不爱我呀……”

为什么

玛儿姬塔该爱我?!

我身上

没有一块法郎。

若要有一百法郎，

只消使个眼色，

就会把玛儿姬塔

送进你的包舱。

价钱不高，

阔气一下吧！——

不，

知识分子，

你只能抓乱满头鬈发，

搞一架

缝纫机

给她，

别无用处，

只能缝纫那

诗之纱……

无产者

走向共产主义，

都从底层来，

从矿井，

从田地，

从村寨；

而我

却从诗的天国

投向共产主义，

因为我没有

离开共产主义的

爱。

不论是我

自我流放，

还是被赶到天涯，——

词句的钢锈蚀了，

洪亮的铜渐渐变哑。

我干吗

要挨淋，

发霉，

生锈，

在异国的连绵淫雨下？

我远涉了重洋，

如今躺在卧铺，

勉强活动活动

周身的零件

和轱辘。

我觉得

自己

是一座苏维埃工厂，

它制造的是

幸福。

我不愿做

林中的小花儿一朵，

被人采摘

作公务之余的玩物。

我希望

国家计委

辩论得汗水淋淋，

给我规定

年度任务。

我希望

时代政委

给我的思想

下达命令。

我希望

心

领到大量的爱，

如同高级专家

　　　　　　领取高薪。

我希望

　　　到了下班时刻，

厂工会

　　　用锁锁上

　　　　　　我的嘴唇。

我希望

　　　在众人眼中

笔尖

　　能与刺刀平等。

我希望斯大林

　　　　　　代表政治局

　　　　　　　　　　做报告时，

把诗歌

　　　与钢铁

　　　　　　相提并论：

“如此，

　　　这般……

　　　　　　我们

从黑暗的底层

　　　　　　攀上了高峰，

在共和国

　　　　联盟中，

对诗的理解

超过了
　　　战前水平……”
我希望
　　　祖国了解我，
但得不到了解
　　　　　　又算得了什么？
我就乘着斜风，
　　　　　　化一阵飞雨。
在祖国身旁
　　　　　　轻轻飘过。[1]

(1925)

---

① 本诗的末节在初版本以后的版本中被删去。

1926 年

致谢尔盖·叶赛宁[①]

你去了，

获得了所谓的

超升。

一片空虚……

你飞着，

钻进群星。

再没有预支稿费，

也没有啤酒馆——

从此清醒。

不，叶赛宁，

这并不是

讥嘲。

---

① 诗人叶赛宁于1925年底自杀，其绝笔诗写道：

“再见，朋友，不必握手告别，
不必悲伤，不必愁容满面，——
人世间，死不算什么新鲜事，
可活着，也并不更为新鲜。”

在其颓废思想影响下，有不少青年追随叶赛宁自杀。马雅可夫斯基因而作此诗，有意识地抵消叶赛宁绝笔诗的影响，提出另一种美来代替死得轻松的美，歌颂走向共产主义的最艰苦的长征的欢乐。

哽在喉咙里的

是悲伤，

而不是笑。

我看见

你用切开了血管的手腕

写了一会儿，

就把一口袋

自己的骨头

吊起来摇。①

快住手！

别发疯！

你这是何苦来？

干吗要

用死灰

把脸涂白？

你本来

挺会写些

狂言妙语，

这世上

换了别人

写不出来。

你为什么？

干什么？

---

① 叶赛宁是切开血管用血写遗诗后上吊死的。

真使我万分困惑。

批评家

啰啰唆唆：

"出这事儿么，

怪这……

怪那……

但主要缘故

是政治太少，

而喝酒太多。"

据说

你该用

阶级

代替名士生活，

阶级影响了你，

就不至于动肝火。

可是，难道阶级

能用清凉饮料解渴？

阶级

喝起酒来

也不示弱！

据说

应该叫岗位派①

---

① "拉普"（俄罗斯无产阶级作家联盟）的机关刊物叫《在岗位上》，围绕这个刊物，在苏联文艺界发号施令的一批人称为岗位派。

管教你，
你的才华
必然能够倍增。
你会
一天写出
一百行，
又臭又长，
堪比那位道罗宁①。
依我看
这种梦话
要是真的接受，
你会更早
对自己下手。
与其死于无聊，
倒不如
死于烧酒。
不论是绳套
还是铅笔刀，
都不能把
出事的原因
解释明了。
也许，如果

① 岗位派诗人。

英国饭店[1]

备有墨水，

切开

血管

就无必要。

仿效者兴高采烈了：

“好！再来一个！”

几乎足足一个排

把自己

消灭掉了。

为什么要

增加

自杀的数字？

还不如

增加墨水的产量

为好。

从此

舌头

永远

幽禁在牙关里。

搞这种喧闹的仪式

既沉重

① 列宁格勒的饭店，叶赛宁在此自杀。

又不合时宜。

创造语言的

人民

失去了一个

狂饮高歌

放荡不羁的

徒弟。

捧着一大堆

挽诗的破烂，

简直是

旧式的葬仪

原封不变。

用棍子

把笨拙的诗句

硬赶进坟墓——

难道就这样

对诗人悼念？

还没有为你

塑造纪念像——

它在何处，

是青铜的叮当，

这是花岗石的粗犷？

可是在纪念的铁栏前

已络绎不断地

送来了

献诗和回忆的酸文章。

你的名字

和着眼泪鼻涕

擦湿了手绢，

你的诗词

被索毕诺夫[①]唱得

唾沫四溅。

在干瘪的小白桦树下

他唱着：

“没有言语，我的朋友，

也没有悲叹—唵—唵—唵。”

唉！对这种

表演专家

应当

换一种口气谈话！

你应当霍然站起，

大吵大闹：

“我不允许

把诗

像这样糟蹋！”

该用三个手指

---

① 歌唱家。

吹口哨，

震耳欲聋，

叫他们

去见奶奶

和上帝的亲妈！

叫这批

平庸透顶的混蛋

落荒而逃，

西装

鼓得像

黑色的篷。

叫柯岗①

纷纷

四散奔跑——

他那尖胡子

扎着人

能扎个窟窿！

丑恶的东西

目前

消灭得还少。

事情太忙，

时间

① 当时的艺术科学院院长。

总不够用。

先要

把生活

重新改造，

改造了

才好歌颂。

这段时间

是不大好写，

难于下笔。

可是你们说说，

患精神残疾的男女——

何时

何地

哪个伟人能选一条路，

这条路

踩得一溜平，

走起来很轻易？

语言可以当将领，

把人的力量

统辖。

前进吧！

让时间

像炮弹

在我们背后爆炸。

向旧时代飘的
唯有那
　　　随风飞扬的
　　　　　　　　头发。
为了欢乐
　　　　我们的星球
　　　　　　　　　装备得还很欠缺。
应当
　　从未来的日子
　　　　　　　　夺取
　　　　　　　　　　欢乐。
在这人世间
　　　　　死去
　　　　　　　并不困难，
创造生活
　　　　可要困难得多。

（1926）

和财务检查员谈诗[①]

财务检查员公民！

请原谅我打搅你。

谢谢……

我站站就行……

不必客气……

我找你

谈的事

有微妙的性质：

关于诗人

在工人队伍中的

位置。

你们对我

又是征税，

又是罚款，

让我和

① 这首诗是有感于文艺界的粗制滥造而写的。和财务检查员谈话也实有其事：马雅可夫斯基曾向莫斯科财务处要求把他当劳动者看待，降低所得税税率。

粮店老板
与土地所有者
为伍。
每半年
你征我
五百卢布，
如果不报收入预算单，
还要罚
二十五。
我的劳动
和任何劳动
都是一家。
你瞧瞧——
我的消耗多大，
我的生产
要花去
多少费用，
还有原材料
要多少代价。
你当然知道
有一种现象
名叫“押韵”。
比方说，
一行诗

末尾的词儿是

“他爸爸”，

那么，

隔一行，

咱们凑齐字数，

就给它

押上个什么

“兰巴得利八——吧”。

按你们的术语，

韵脚

就叫期票。

隔一行就得兑现！——

不欠分毫。

只好在

快要用空的

变格变位[①]的

钱柜里

把零钱——

词尾和后缀

苦苦寻找。

当你设法

把一个词儿

① 俄语词尾有变格、变位的复杂变化，诗人用以押韵。

塞进诗句，
它偏不进去，
使劲硬挤，
就挤破了。
财务检查员公民，
说老实话，
这些词儿
真叫诗人
破费不少。
按我们的说法，
韵脚
是一个桶。
火药桶。
诗行
是导火绳。
诗行冒烟到了末尾，
引起爆炸，
于是整座城市
随着那节诗
飞到空中。
以何种税率、
上哪儿找这样的韵脚，
才能保证它
一枪一个，

弹无虚发？
史无前例的韵脚呀，
也许还剩下
仅有的五个
在……
委内瑞拉。
我不分冬夏
奔波在外。
又是预支，
又是借贷，
欠了一身债。
公民，
核算核算火车票价吧！——
全部诗歌
都是到
未知领域的
出差。
做诗——
和镭的提炼一样：
一年的劳动，
一克的产量。
为了提炼仅仅一个词儿，
要耗费
几千吨

语言的矿。
可是比起老也烧不着的
词的半成品来，
这些词儿
燃烧得
何等痛快辉煌！
这些词儿
能在几千年间
鼓动起
千万人的心房。
当然，
诗人也是
色色俱全。
有多少诗人的手
过于轻佻随便。
他能像魔术师一样
从自己嘴里
或从别人嘴里
拽出诗句一串。
对于那些
抒情的太监们
有什么好说？！
夹进
别人的诗句，

面无愧色。
这是在遍及全国的贪污盗窃中
一种
司空见惯的
贪污盗窃。
这些洋洋洒洒的
当代诗词，
尽管也哇啦哇啦地
风行一时，
一旦进入历史，
就将变成一笔
加在我们
两三人的
成品上的
附加开支。
如同俗话说的，
要吃上几十斤
盐，
抽上一百支
烟，
才能从人类深处的
自喷井
开发出一个
价值连城的

字眼。

一百支烟——

一卢布九，

还有食盐——

一卢布六。

砍掉税款中

一个零字的车轮吧！

增加税率

实无理由。

你的调查表里

一大堆问题要填：

“曾否出差？

有何公干？”

可是

如果我

这十五年

骑垮了

十四飞马，①

又怎么算？！

你的表格

这一角

还有仆人和财产的栏目。

① 据希腊神话，飞马象征诗的灵感。

请把我的情况调查清楚。

可是，怎么办——

如果我是

人民的引路者，

同时又是

人民的公仆？

从我们的词句里

是阶级

在发言，

而我们——

无产者

是笔的发动机。

年深月久，

灵魂的机器

已经磨蚀，

人家就说：

“马郎才尽了，

把他归入

档案室！”

热情渐衰，

豪气渐减，

额头

遭到了

时间的摧残。

最可怕的分期付款
来到了——
心和灵魂的
分期偿还。
等到太阳
像肥猪般
升起，
照耀着
没有乞丐和残废者的
未来世纪，
我早已
死在篱下，
烂掉，
和我的
十来个同事
在一起。
请为我
算一笔
死后的收支平衡！
我知道，
不吹牛皮，
我肯定：
同今日的
投机家和钻营家

成为对照，

我将是

唯独的一人

陷在深深的债务坑中。

诗人的债务是——

用铜嗓子

吹起警号，

朝着市侩气的浓雾，

迎着沸腾的风暴。

诗人

永远是

宇宙的债户，

付着

利息

和零头，

没完没了。

我负债无数：

对百老汇的

灯火辉煌，

对巴格达地[①]的

天空晴朗，

对我们的红军，

① 作者出生的村庄在格鲁吉亚。

对日本的樱花，
对我来不及写的
一切
都欠债未偿。
我何苦
戴这顶帽子，
被称为诗人？
就为了
用韵脚瞄准，
用节奏鼓劲？
坐办公室的公民！
要知道诗人的语言
能使你们永生，
能使你们成仙。
多少世纪后，
从故纸堆里
拣起一行诗，
就能唤回时间！
于是这个日子
将带着一批
财务检查员，
带着奇迹的闪光
和墨水的臭味
重新出现。

今天的务实的居民，

请上交通部

　　　　　领取

　　　　　　　通向不朽的车票吧，

把诗的作用

　　　　　计算计算，

再把我的收入

　　　　　　分摊到

　　　　　　　　三百年。

但诗人的力量

　　　　　　不仅仅是在未来

使人回想起你们

　　　　　　　而耳朵发烧。

不！

　诗人的韵律

　　　　　　今天，现在，

就是抚爱，

　　　　是口号，

　　　　　　　是皮鞭，

　　　　　　　　　是刺刀。

财务检查员公民，

　　　　　　　我缴纳一个“5”，

请把它后面

　　　　　全部的“0”

统统消除！

在最贫苦的

工农的

队伍里

我

有权利要求

一寸土。

要是

你们觉得

事情不过是

利用

别人用滥的言辞，

那么，

请吧——

这是我的自来水笔，

你们

可以

自己试一试！

（1926）

致无产阶级诗人

同志们，
请允许我
不装腔作势，
作为一个
不愚蠢而关心人的
年长的同志，
和你们好好谈一次，——
别惹绵斯基、
斯维特洛夫
和乌特金同志。
咱们争吵不休，
最好用洋铁皮嗓子对着喊，
为了争舞台上的胜利，
闹得吁吁直喘。
但是同志们，
我对你们
有个认真的建议：
让咱们

组织一次
愉快的会餐！
先把恭维的地毯
铺上，
要是牙齿碍着谁，
不妨把牙齿锯光；
用卢那察尔斯基
分发的桂冠，①
让咱们
合煮一锅
同志式的汤。
让咱们决定：
各人
自有道理，
各人唱歌
都用自己的
调门！
让咱们切开那
公共的光荣鸡，
每人
一块，
要分得平均。

---

① 当时的教育人民委员卢那察尔斯基为不少青年诗人的诗集写了序言。

互相的挖苦和冷嘲

应当停战，

代之以

文雅的

绣花式的对谈。

当同志们

让我说话的时候，

我将作

如下的发言：

你们认为

我是个大屁股的

院士，

是诗的沼泽中

独一无二的

祭司。

其实

我追求的

唯一目标，

是希望有

更多的诗人，

百态千姿。

许多人

利用

岗位上的摇晃，①

提高

他自己

愚蠢的名望。

据称："我们是唯一的

无产阶级的……"

那么我呢？

照你们看来，

是外币黑市投机商？

老弟，

我实质上

是个工匠师傅，

对这种

无聊哲学

我不屑一顾。

我卷起袖子：

要干活？

要干架？

请便，

来吧，

我全能对付。

咱们面临着

---

① 当时的岗位派大搞宗派主义，其内部也矛盾重重。

艰巨的工作，——
每个人
都需要
诗的艺术。
为了增加数量、
提高质量，
咱们得汗流浃背，
全力以赴。
我衡量
诗，
用的是
公社的尺度。
为什么
心
对公社
如此爱慕？
因为依我看，
公社就是
巨大的高度；
因为依我看，
公社才是
无比的深度。
而在诗的领域中，
既不讲亲戚，

也不讲交情，
靠人情
拉关系
编不成韵律之绳。
不要分配勋章，
分发奖金了吧，
快抛弃那
贴标签之风！
我不想
自夸
思想新奇，
也不以
发明者
自居，
但是我断言
在公社，
官僚必将绝迹，
在公社，
将有无数的
诗和歌曲。
我们把小小诗人
捧为天才，
我们对两句败韵
赞叹不绝。

这一个
　　号称
　　　　红色拜伦，
那一个
　　号称
　　　　红得发紫的海涅。[①]
我为你们和自己
　　　　　　担惊受怕，
可不要把
　　咱们的灵魂
　　　　　　庸俗化，
不要把那
　　拉洋片的平庸
　　　　　　和流行歌的胡闹
捧上共产主义宝座
　　　　　　坐享荣华！
咱们的精神一致，
　　　　　　你们琢磨琢磨：
在心上
　　并没有界线，
　　　　　　不分你我。
如果我们你们

① 当时的评论家说青年诗人斯维特洛夫有海涅的诗风，乌特金有拜伦诗风。

不站在一起，
那咱们
还有什么名堂可做？
要是我
有时候也
对你们
扬起笔来
或批
或驳，
那是因为
常言道
我多花了心血，
我刨韵脚
比你们刨得多。
同志们，不要学
小里小气的
买卖人，
什么“我的牌号，
我的诗文！”
我的一切
全都属于你们——
音韵、
主题、
清晰的吐字、

洪亮的嗓门！

有什么

比名望

更调皮、

更无意义？

我死后

难道还

带进棺材去？

同志们，

我最彻底地

唾弃

名利

和诸如此类的玩意！

与其

瓜分和争夺

诗之权，

不如

集中起

温存的文字

和文字的皮鞭，

让咱们一起

既不抱妒忌

也不计姓名地

同砌公社大厦——

　　　　　　　　用文字之砖。

同志们，

　　　让咱们

　　　　　　齐步向前。

咱们不需要

　　　　　秃子的假发

　　　　　　　　　装门面。

如果要骂人，

　　　　　敌人多的是——

就在红色街垒的

　　　　　　　对面。

（1926）

赠耐特同志——船和人[①]

我吓了一跳。

　　　　　这不是神怪故事：

滚烫的港口

　　　　　好像沸腾的夏日，

转了个弯

　　　　开进港来的，竟是

“铁多尔·耐特”同志。

这是他，

　　　我认得出来，

救生圈

　　　当作眼镜戴。

你好，耐特！

　　　　　多高兴啊，看见你健在，

过着烟囱冒烟的生活，

　　　　　　　　缆绳、

① 耐特，拉脱维亚人，任苏联外交信使，在执行任务时遭敌特袭击而牺牲。后来马雅可夫斯基在黑海遇到了以耐特的名字命名的轮船。

吊钩随身带。

靠过来！

这儿对称

够不够深？

自从巴统起航，

想必你的锅炉

就已沸腾……

记得吗，耐特——

当你还是一个人，

咱俩一同

在外交人员车厢里

喝茶的情景？

别人已在打鼾，

你却熬夜不睡，

用眼角余光

把火漆封印保卫。

你整夜

谈着雅各布森[1]，

还挺可笑地背诗，

背得汗流浃背。

临天亮打个盹儿，

① 著名语言学家，俄国形式主义和布拉格学派代表人物，曾介绍马雅可夫斯基与耐特相识。

枪把子还在手里攥……

谁想偷文件，

试试看！

叫他敢！

哪想得到，

相隔仅仅一年，

我再见到你——

你已是

一艘轮船。

向船尾方向望——

海面半露

好大的月亮！

一条光带

从当中剖开

一片汪洋。

仿佛是那场

走廊里的最后的战斗

留下了英雄的脚印，

永远在你背后

闪着血光。

从书本学到

共产主义的信仰，

只算中等成绩。

书本嘛，

要写些什么话，

还不容易？

可是这个

把“幻梦”变活的实例，

却显示了

有血有肉的

共产主义。

我们遵照铁的誓言，

可以上十字架，

可以冒机枪扫射，

决不后退，

誓叫世界上

没有俄国、

没有拉脱维亚，

实现一个大同的

人类社会。

我们血管里奔流的

不是水，

而是血。

迎着枪口的狂吠，

我们挺进不歇，

为了

死后

也能化为

轮船、

诗篇

和其他长久的事业。

我愿活了又活，

冲过一年又一年的时光。

但在生命的终点

我愿……

（再没有别的愿望）

我愿迎接

我的死的时刻，

如同耐特同志那样

迎接死亡。

（1926）

敖德萨港口两艘登陆艇的对话

云的羽毛，

　　　　快织出金丝雀般的晚霞！

快降临吧，

　　　　南方之夜的千钧重压！

一对儿

　　　登陆艇

　　　　　　在港口对话：

这艘

　　灯光闪一闪，

　　　　　　　那艘

　　　　　　　　　眼睛眨一眨。

打的什么信号？

　　　　　　我皱起眉头

　　　　　　　　　　思索。

红光一亮……

　　　　　　熄了……

　　　　　　　　　　绿光又在闪烁……

也许是

对爱情的追求？
也许是
因妒忌而发火？
也许他在呼唤：
“‘红色阿布哈姬’！
我是
‘苏维埃达格斯坦’。①
独个儿在海上漂泊，
我已疲倦，
请你靠过来，
停泊在我身边。”
她的回答
狡猾而调皮：
“凑合点儿，
对付着过吧——
你自己！
我已经
连桅杆都
沉浸在爱情里，
我爱的是巡洋舰——
灰色的‘共产国际’。”
“这些娘们儿

① 阿布哈姬，指阿布哈兹，与达格斯坦均为高加索地区的自治共和国此处用作船名。

全是骗子、

跳来跳去的鹡鸰鸟……

巡洋舰好在哪儿?

长条个子，脾气又糟糕。”

发完牢骚，

他又打个信号：

“行行好，

谁给我来点儿烟草！……

唉！这儿又寂寞，

又潮湿，

日子难挨。

烦得我

全身装甲

都渗出水来……”

世界

在打盹儿，

向这黑海地带

落下了一滴

墨蓝墨蓝的

泪海。

（1926）

我这本诗画讲大海和灯塔

轮船航行在大海，
船头把波浪劈开。
大风呼呼刮得紧，
吹送帆船向前进。
到了黄昏，
　　　　到了夜晚，
海上航行很困难。
水里到处有礁石，
大块礁石多的是。
离岸不远，
　　　　过浅滩，
连白天也得
　　　　　提心吊胆。
船长拿起望远镜，
还是啥也看不清。
不见海岸在哪里，
船长心里干着急。
波浪汹涌卷漩涡，

船开进去

　　　　就会沉没。

忽然间

　　　海员心花放——

远望灯塔已点亮。

一片黑咕隆咚中

出现了一只红眼睛。

闪了一闪，

　　　　不见了，

一会儿它又点燃了。

它说：

　　这里很安全，

船儿来吧，

　　　　没危险。

每天晚上天傍黑，

暴风在墙上拼命捶，

工人却准时把塔登，

沿着螺旋梯

　　　　　登上塔顶。

塔顶有个大灯光，

好像大火，

　　　　真辉煌。

这么亮的灯笼

　　　　　　上哪儿找？

四面海上都能看到。

它还转动不停息，

好让大家都注意。

灯塔工人真辛勤，

彻夜守候到天明。

他给灯火添灯油，

要叫火焰能持久。

四面有特制

　　　　　放大镜，

他天天擦得亮晶晶。

灯光给大家当路标，

指点坦途和险道。

轮船、军舰

　　　　　都来吧，

有的喘气

　　　　有的划。

哪怕它

　　　再掀滔天浪，

大家都安全进了港。

风浪

　　雷雨

　　　　都不顶事——

孩子们

　　　在家里

　　　　　　一点不湿。

我这本小书号召大家：

“孩子们，

　　　　要学灯塔！

有谁

　　黑夜迷了途，

就点起火光给他照路。”

为了告诉你

　　　　　这个道理，

写书的叔叔

　　　　　马雅可夫斯基

写了上面这些话，

还为小书画了插画。

（1926）

1927 年

如果我大闹申格力教授的课堂，[①] 我在公开审判中的辩护词

我每天

把皱着的额头

揉了又揉，

为我们

属于哪个种姓

而发愁。

可就是弄不清：

诗人——

究竟是传道士

还是创作能手。

小把戏

在我身边

围成了群，

他们刚尝到

一点点名声，

可是头发

① 申格力是《怎样写文章、诗歌和小说》等书的作者，他把做诗归结为格律和公式，并对马雅可夫斯基的诗全面攻击。马雅可夫斯基则激烈批评申格力千篇一律的做诗指南。

已经

留到了脖子根，

而嗓门

也带上了

浓厚的鼻音。①

当他们捧着圣像，

神气活现，

走上厚厚的刊物的神坛，

我，

实在抱歉，

真想亵渎庙宇，

大喝一声：

“滚蛋！”

如果传我上法庭，

我并不介意，

我会用洪亮的嗓音说：

“法官同志！

尽管我听说

克雷连柯②

新颁布的法律

---

① 俄国人以模仿法语发音为风雅。

② 当时的副司法人民委员。

十分严厉，①

我将昂起头颅——

如同旗帜，

我的心不发抖，

膝盖也不战栗。

法律

说一不二，

毫不含糊，

可以

实事求是地指出：

流氓行为——

就是捣乱活动

构成了

对个性的侮辱。

我比一切法律

懂得更清：

一定要

尊重

个性。

因为

群众

① 指苏联政府新颁布的《对流氓行为作斗争的若干措施》。由于马雅可夫斯基好讽刺，曾被人骂作“流氓”。

本是由人组成，
而由羊组成的
却是羊群。
阶级
诞生了个性，
满怀期望，
抚育它
一天天成长，
阶级谆谆嘱托，
语重心长，
‘去吧，
要独创，
要发挥特长！’
于是，
个性
发出了赤热的光、
白热的光……
何必拐弯绕脖子呢？
如果他们也有个性的话，
我对他们的个性
也会大加赞赏。
可是，他们的面目
哪里去了？
不管怎么找，

优点缺点

全找不到。

空无一物！

只有眼耳鼻口——

一个模子浇的

硬性配套！

我在这方面倒颇有经验，

我知道谁是他们的样板。

他们的歌声里

复活了神父的传道，

他们的诗歌

不过是押韵的鸦片。

青年们

对诗歌问题

感到新奇，

这些人

却在搞

宗教的玩意儿。

他们的任务

是把优秀的共青团员

变成

教堂助祭。

他们之中

最博学的神父

像藏起
教堂的法器似的，
把华丽的辞藻
藏进那
灵感之雾。
而我
却公开
我的职业，
就像是公开
能工巧匠锻造的
幸福。
我因受了侮辱
而感到激愤，
不由得唾了一口，
骂了两声。
可是法官同志，
这并非捣乱行为，
而是
我的责任。”
打破了全部
泥塑的论据，
我结束了
自己的辩护。
法庭即将

宣读判决书，

代表着加里宁，[1]

代表着李可夫。[2]

看吧，

法官就位，

像一朵

盛开的玫瑰，

用庄严隆重的语调

宣告：

“法庭宣判

马雅可夫斯基

无罪！”

(1927)

---

① 当时的苏联中央执委会主席。

② 当时的苏联人民委员会主席。

最好的诗

听众

递来

一大堆条子，

想要将我一军，

问题里面带着刺：

“马雅可夫斯基同志，

请朗诵

你的

最好的诗。”

哪首诗

能给以

这样的荣光？

我双手撑着讲台，

搜索枯肠，

给他们

读这首行吗？

也许，

还是那首强？

当我
抖搂
诗歌的旧货，
而礼堂
在等待，
一片静默，
《北方工人报》的
秘书
凑向耳朵
悄悄地
对我说……
于是抛弃了
吟诗的腔调
大喊起来，
几乎把整座大楼
震坏：
“同志们！
工人
和广州部队
占领了
上海！”
仿佛是
手掌心里
揉洋铁皮，

欢呼的声浪

不断高涨。

五分钟，

十分钟，

十五分钟，

雅罗斯拉夫尔在鼓掌。

听起来好像

风暴

铺天盖地而飞，

去答复

一切

张伯伦[1]的照会，

飞到中国去，

叫那些主力舰

调转

钢铁的猪鼻子，

从上海

倒退。

一切

诗的

讨厌的泥泞，

任何

① 当时的英国外交大臣。

诗的

无上的光荣，

都不能比这条

普通的

报纸新闻，

如果

雅罗斯拉夫尔

对它

如此欢迎。

我们的心啊

紧紧地

紧紧地

拴在一起，

工人蜂房的团结

强大无比。

鼓掌吧，雅罗斯拉夫尔人，

榨油工和纺织工，

向着陌生的

而亲如骨肉的

中国苦力！

（1927）

奇　迹！

月亮的圆面
　　　　像个木桶底，
在里哇吉亚宫[①]
　　　　　上空
　　　　　　　高挂。
她一升起来
　　　　就把银光往下洒，
洒满大海，
　　　　洒满大地，
　　　　　　　也洒满里哇吉亚。
沙皇的宫殿
　　　　住上了农民疗养员。
月亮愣住了，
　　　　莫名其妙，
煎饼似的
　　　　扁脸

① 沙皇的夏宫，革命后改作农民疗养所。

圆睁着眼，

盯着宫墙上的广告：

“星期二

马雅可夫斯基同志

做报告。”

专制君主

本人

曾在此地

奔走在厅堂，

玩台球游戏。

沙皇罗曼诺夫

和记分员

玩得起劲，

一球命中，

侍从嬉笑贺喜。

今天

我却在这里

对着农民

讲诗的

内容

与形式。

铃声响了。

黯然失色的月亮

往旁边躲，

舞台上的电光

照亮了我。

我对面

梁赞人、

图拉人

排排坐，

这些俄罗斯老乡，

骚乱了

土黄色的鬈发，

把胡须

摸了又摸。

他们的脸

比碟子还亮，

满面生辉，

该笑时就笑，

该皱眉处

就皱眉。

谁要是

不懂得

苏维埃的价值，

请和我站在一起，

在欢乐中陶醉：

天下还有什么地方

能在皇宫里朗诵——

什么内容？
　　　　诗！
　　　　　什么对象？
　　　　　　　　农民群众！
这样的国家
　　　　　在天下
　　　　　　　无与伦比，
类似的事情
　　　　　在别处
　　　　　　　怎能思议?！
我想到
　　　这一切
　　　　　　仿佛全是奇迹。
这种事已实现，
　　　　　　未来将更为神奇！
报告会
　　　散会了，
　　　　　　我看到：
走出两个
　　　　壮健如大象的
　　　　　　　　　乡下佬，
在玻璃球灯下
　　　　　　坐一会儿。
第一个

对第二个说：
“米海依尔，
嘿，
最后那个
韵脚，
押得
可真带劲儿！”
听，一群群
里哇吉亚人
还在纷纷议论，
沿着土黄的小路，
沿着蔚蓝的海滨……

(1927)

好！

（十月的诗篇）

长诗选段

13

六平方米的
小房间
住了
整四口：
莉莉、
奥夏、
我，
还有
一条小狗。
我拿起
破帽子，
拖着雪橇
往外走。
“上哪儿去？”
“上雅罗斯拉夫车站

解个手。”①

老羊皮袄

肩上搭，

那股骚味儿

实在大。

我从破栅栏

拣了根木桩，

搁在爬犁上

拉回了家。

这木桩

比石头还硬，

比死尸还重。

活像一只

巨人的膝盖

发了肿。

我怀抱木桩

进门来，

汗流浃背

不懈怠。

我拿好架子

雄赳赳，

用铅笔刀儿

① 十月革命后因缺乏燃料，大部分住宅的下水道都冻住了，厕所不能使用。

劈木柴。
小刀儿
长满了锈。
我削着刮着，
好不高兴。
头部
热度
一度度
上升。
只觉得
草原上
百花开放，
耳朵边
五月的蜜蜂
嗡嗡嗡——
这是
煤气
钻出了
火炉盖的
缝。
四根冰溜子
蜷缩着，
昏昏沉沉。
来了人，

抢救，
闹腾——
我们四个
中了煤气，
好容易才救醒。
大雪堆
驼着背
往窗户里窥伺，
难道你们
还没有
全部冻死？
寒气
在黄昏里
踱来踱去，
雪制的靴子
咯吱咯吱。
天空弯下腰，
俯在我的房上，
晚霞如海，
一片汪洋。
在这玫瑰红的
海面上，
云彩的船
正在向南方开航。

它们要
　　　驶过
　　　　　玫瑰红的海面，
把锚抛向
　　　　彼岸——
那白桦木的劈柴
正在熊熊燃烧的地方。
我
　逛过
　　　许多温暖的国家，
但是只有
　　　　这个冬天
才使我
　　　真正体会到
爱情、
　　友谊
　　　　和家庭的温暖。
只有睡在
　　　　这样的大冷天，
大伙儿
　　　紧紧抱着，
　　　　　　　牙齿
　　　　　　　　　格格发颤，
才能够

真正明白：
对人们
不能吝惜
棉被和关怀。
那些
空气甜得像果子露的
国土，
我们可以
走马看花，
转身离开；
但是
和我们一同
挨过冻的土地呀，
我们
怎能不
永远热爱？

14

那一个冬天，
穷困
冷酷，
它把所有
一睡不醒的人们
严严盖住。

啊，这一切
用文字
哪能写出？
我不打算
用这支秃笔
接触
伏尔加河的
灾难和痛苦。①
我仅仅是
从一千天中
抽出几天，
这几天
平平常常，
毫不特殊。
我仅仅是
从岁月的流水
漂流着的
一串串灰色的日子中，
摘取了一个
不算饱
也不算饿的

① 因国内战争、强征粮食和旱灾，1921—1922年伏尔加河流域发生大饥荒，饿死五百万人。

平均数。

如果说，

我多说了几句，

或者

多写了几行，

那全怪

我爱人的眼睛——

那双眼睛啊

天堂一样！

又圆

又深，

火热

滚烫。

电话忽然

感情冲动，

给了耳朵

一下闷棍：

“饥饿、

水肿病

把棕色的

大眼睛

挤成了

一条细缝！”

大夫

唠叨个

没完：

要叫眼睛

睁开，

需要

温暖，

需要

新鲜蔬菜。

我抓着

绿色的小尾巴，

提溜着

两个

小小的胡萝卜，

不是拿回家

下锅，

而是上爱人那儿

做客。

我曾经

送给她

许多鲜花和糖果。

可是我

印象最深的

不是那些贵重礼物，

而是这两个

宝贝一样的胡萝卜，
再加上
半
根
白桦木的柴火——
又潮
又细的劈柴
在腋下
夹着，
粗细
和眉毛
相差不多。
两颊
浮肿。
双眼
一道缝。
蔬菜和关怀
治好了眼睛。
睁得
溜圆，
注视着
革命。

我是

马雅可夫斯基，
我比大家
少发愁。
我坐在家里，
吃一块
马肉。
吱呀一声，
门哭了，
二姐
到了我家：
“你好，沃洛佳！”[1]
“你好，奥丽雅！”
“明天过年，
想问你
要点儿盐。”
我把
一撮儿
湿漉漉的盐
用手掌掂着，
分成两半。
二姐
冒着风雪，

① “沃洛佳”是马雅可夫斯基的名字“符拉季米尔”的爱称。

一路上
又滑又跌，
为了给
淡土豆
加点咸味儿，
蹒跚地走过
三俄里的大街。
冷气
紧紧跟踪，
冷气
越来越凶。
冷气挠着她的
胳肢窝：
“把这撮儿盐
交给我！”
好不容易
回到家里，
那撮儿盐
撒不下去——
盐和手指
已经
冻在一起。
隔壁有人
低声说话：

“去吧，

　　　孩子的妈，

卖掉

　　我的上衣，

去买

　　两升小米。”

窗外

　　积雪

无边

　　无际，

雪的

　　脚步

无声

　　无息。

首都

　　雪山

光秃

　　一片。

森林

　　骨架

倚在

　　雪山边。

森林后面

　　　　一只大虱子——

太阳

悄悄地

爬上了

天空的披肩。

十二月的黎明

浑身发软，

很晚很晚

才在莫斯科升起，

仿佛是

她也染上了

斑疹伤寒。

云彩

一朵朵

向富饶的国家

飘。

云雾对面，

美国

躺着

伸懒腰。

它躺着，

舔着喝

咖啡、

可可。

我们的

土地
如此
贫苦，
但是
对着那些
比猪的梦还肥，
比饭馆的
菜盘还圆的
面孔，
我
自豪地宣布，
“我爱
这块
国土！”
可以忘记
在何时何地
养肥了下巴，
吃胖了肚皮；
但是
和我们一同
挨过饿的土地呀，
我们
永远
不能忘记！

17

不是诗神，

也不是职责

强迫我歌颂

我们所做的

一切工作。

我愿

彻底摧毁

半个祖国，

把那半个

洗干净，

重新建设。

我和大伙一起

出去扫除

和修建，

劳动日接着劳动日，

像发了狂一般。

我赞美

祖国的今天，

但我要

三倍地赞美

祖国的明天。

我爱

我们的计划——
雄伟的巨人，
我爱
一步七尺的
阔步前进。
我爱
我们
劳动和战斗的
大进军。
在今天
垃圾正在腐烂的地方，
在今天
只是一片空白的地方，
我一眼
入地一丈，
看见公社的大厦
正从地下
发芽生长。
老天的赏赐——
一担可怜的麦秸，
人们对它
不再深信不疑，
农民
迟钝的脑筋

转向了

拖拉机。

计划

从前老在脑袋里

抛锚，

被贫困的绳子

缠住了手脚，

而今

却在晴空中

高高站起，

化为钢筋混凝土，

不可动摇。

啊，祖国！

你是人类的春天，

在战斗中诞生，

在劳动中成长，

我的共和国啊，

我为你而歌唱！

19

我

差不多

走遍了

世界的

每个角落——
生活啊
多么好，
我多么
爱生活。
可是
最好不过的
却是我们这儿
沸腾的
紧张的
战斗的生活。
大街
像一条蛇。
房子
两边排列。
是我的
房子，
是我的
大街。
商店
紧紧挨着，
窗户
大大开着。
美酒、

水果
在橱窗里摆着。
纱罩
挡着苍蝇，
奶酪
干干净净。
“百货
降价”。
灯火
通明。
我的
合作社
翅膀
长得硬。
生意
兴隆，
好，
好得很！
我的胸脯
贴着书店的
橱窗。
诗歌栏里
有我的姓名。
多高兴——

这是

我的劳动

汇进了

共和国的

劳动之中。

厚嘴唇的

车胎

卷起了

灰，

我的汽车

送我的代表

上红楼

开会。

坐在我的

市苏维埃里，

振作精神，

别打瞌睡。

黄澄澄的

手枪套，

红通通的

脸。

我的

民警

保护着

我的安全。
举着
指挥棒，
叫我
走便道。
我就
靠右走，
好，
多么好！
我头上的
天空——
一幅
蓝绸缎。
从来
没见过
这样的
好晴天！
云彩
朵朵飘，
飞行员
航行在云彩间。
我站着
像一棵大树，
昂首望着

我的飞行员。

一旦敌人

敢侵犯，

迎头打他

稀巴烂。

睁大眼睛

看着报：

维也纳人

干得好！①

照着

资产阶级的屁股

踢了一脚。

法院

放火烧，

瑞尔顾特！②

好！

烈火

腾空起，

判决书

全烧掉。

检察官

---

① 由于奥地利法院非法判决杀害工人的法西斯分子无罪，维也纳工人于 1927 年 7 月 15 日采取武装行动，烧毁法院。

② Sehr gut！德语：“很好！”

乱哆嗦，
好
太好了！
瞧那些
外国报纸的
社论，
威胁讹诈的
癞皮癣
长了一身。
不呛死，
它不住声。
吓唬人？
好得很。
我面前走过
一队队红军。
打着
铜鼓，
咚咚
直响。
脚步
坚定，
头颅
高昂。
戴的是

红星帽。
拉的是
加农炮。
我的脚步
踩着
进行曲的
拍子：
你
们的
敌
人
就是
我的
敌
人。
他敢来？
好得很！
把他们
砸成粉。
烟囱
热腾腾的。
空气
要爱惜。
我的

工厂啊，
一个劲儿
冒着气。
机器呀，
快快转，
加油，
加油，
别拖延——
多织点儿
新花布
给我的
女共青团员。
路边
花园好，
花香
随风飘。
一身花香
朝前走，
好！
多么好！
郊外
田野
多辽阔。
田野间

点点村落。
村子里
住着农民。
老大爷们
排排坐。
个挨个儿
大胡子。
个挨个儿
挺俏皮。
锄锄地，
做做诗。
每天
大清早，
村里的
劳动
真热闹。
为我
播种，
为我
烤面包。
挤牛奶、
犁地，
还有人
捕鱼。

我们的共和国
奋起建设，
　　　　日新月异。
别的国家
　　　　都已经
　　　　　　老掉了牙。
历史对它们
　　　　　张开了
　　　　　　　坟墓的嘴巴。
我的国家
　　　　却正是
　　　　　　青春年华——
创造吧，
　　　发明吧，
　　　　　试验吧！
欢乐
　　像泉水飞迸。
　　　　　　真想
　　　　　　　　分点给你们！
生活啊
　　　是那么
　　　　　惊人地美好。
哪怕活到
　　　　百岁高龄，

我们也

　　不会衰老。

一年一年，

　　　一日一日，

我们越来越

　　　　充满朝气。

铁锤

　　和诗，

歌颂这

　　　青春的土地！

（1927）

1928年

喀　山[1]

古旧而
　　破烂，
这儿是
　　喀山。
江水在
　　呼喊：
“收……
　　　破烂……”[2]
许多人
　　踏雪而入，
满口本地话，
　　　　嘀里嘟噜。
在旅店的
　　　走廊里，
大家在找

① 1928 年初作者在喀山旅店接待了当地诗人、学生和记者，这首诗描写了会见时的情形。
② 革命前的俄国，收购破烂的多为喀山鞑靼人。

房间号数。
捂在袖口里
咳了几声，
进来一位，
怯生生的，
他大睁着眼睛，
我起身相迎。
我缺乏
语言方面的
才能，
只好半句挪威语
半句瑞典语地
糊弄。
进来的是鞑靼人：
“我用
鞑靼语
为您把
《左翼进行曲》
朗诵。”
进来第二位，
颧骨高高的脸。
从衣袋里
掏出一张纸片：
“我是

马里人。

你的

《左翼》

我给你读读看，

用我们

马里方言。”

这两位刚出去，

第三位

在矮矮的门口

正好和他们

相遇：

“您的

进行曲，

就是我们的进行曲。

我是

楚瓦什人，

承您

看得起，

请听您的

进行曲

译成楚瓦什语……”

我好像

抓住了

时代的辫子：

“不要飞驰！
请你暂时
静止！”
我要亲手
摸一摸
一个无形的词——
“政治”。
啊，曾在苦海里
受难的
各族人民，
适应了乌拉尔
雪山的
各族人民，
走进了门，
正向文化高地
冲锋，
正向文化堡垒
进军。
歪斜而
破烂，
这就是
喀山。
江水在
呼喊：

“收……

破烂……”

（1928）

为了好住宅等了又等！
希望盖房子又好又省！

十年来，
　　　不论莫斯科
　　　　　　还是伊凡诺沃，
等于是把城市
　　　　重新盖，
　　　　　　重新修。
光在伊凡诺沃
　　　　就盖了三百座楼！
千家万户
　　　炊烟悠悠，
茅棚里的日子
　　　　一去不回头。
经过十月风浪的
　　　　冲洗，
我们获得了
　　　建设新生活的
　　　　　　　权利，
于是许多工人

从狭窄的地下室

搬进了

宽敞的住宅里。

可是也有些人

是瞎胡来的，

瞧他们盖房子

是怎么盖的：

房子盖在沙滩上，

算盘打得真漂亮！

哪儿像住宅合作社？

倒像刮钱的剥削者。

每月收入

总共四十五，

住宅基金

要交十二卢布。

一口吞下肚，

毫不客气，

他们的胃口

真了不起！

对交钱的群众

给个答复：

“十二年后……

分配房屋。”

年长月久，

得病遭罪，
十二年过去，
变了个残废。
世上的一切
总有个结束，
过完了一辈子，
分到了房屋。
“亲爱的群众，请看：
为你们
盖的房子，
还带花园。
请从你们的
三十块
养老金当中，
每月交房租
五十块整！”
好一所房子，
瞧他盖的！
四面的墙
好像筛子。
只消
轻轻一阵风，
扑通——
吹倒了烟囱。

碰上大风，

屋顶乱扭，

凡是瓦缝，

处处都漏。

再吹就要坏——

架子要散开，

没底儿没盖

没棺材。

到那时，

只好闲在家中坐，

透过天花板

观赏大熊星座。

这种房子

一昼夜还没住满，

人家就赶紧

把箱子往外搬，

丢掉了楼房不住，

情愿在凉台搭铺。

只有谁付得起

现洋，

才能买到漂亮的

住房，

你瞧主任和耐普曼①，
住得阔气又体面。

管建设的同志
　　　　　　清醒清醒！
党和政府
　　　　必须抓紧！
要把
　　建造和分配住宅
变成
　　工人和阶级的事情。

(1928)

① 苏联新经济政策时期的新生资产阶级分子。

我们的国土多么富饶

我漫游

　　　克里米亚

　　　　　　　　南方的海岸，

仿佛是

　　　往昔的乐园

　　　　　　　　　在人间出现！

奇妙的

　　　动植物，

　　　　　　　奇妙的气候，——

放声唱，

　　　放眼看，

　　　　　　　欢畅无边！

辽阔的黑海，

　　　　　蔚蓝的浪涛。

整天驱车，

　　　　沿着岸边

　　　　　　　　　绕。

累坏了，

下车来

凉快凉快吧——

对不起，

同志，

没地方洗澡。

香烟头、

空瓶子

扔得一塌糊涂，

浴场上

连母牛

也找不到卧处。

刚刚在更衣室

坐下来更衣，

像被蛇咬了一口——

一根刺

扎进屁股。

辛菲罗波尔的

果园子

好大面积！

夏天里

累累果实

压弯了树枝。

可是搜遍

耶夫帕托里

满街的摊子——

买不到一个桃！

甚至

一个桃的

四分之一。

从辛城到耶城

几里地

转眼就到。

就差这

一小时的路程，

我的蜜桃

只好在地里和市里

白白烂掉，

泪珠儿

沾湿了

桃儿脸上的茸毛。

大型宫殿

博得了

休息者的欢心。

可是刚躺下，

又被螫得

跳起了身，

一声尖叫

打破了

疗养所的平静：

“救命！

小咬

要吃人！”

喊声招来烛火，

把蜘蛛网

惊动，

喊声招来批评，

要你恢复

理性：

“同志，

这哪里是

什么小咬，

同志，

这不过是

普通的臭虫！”

心里

犯疑，

乱糟糟地。

鲜明的对比

实在出奇！

水果之乡——

充满着跳蚤，

疗养胜地——

流行着痢疾！

我们共和国

可不像

指甲盖儿那么小，

它覆盖着

世界

六分之一的地表。

啊，

我们所有的

是如此之多；

而我们所会的

是如此之少！

（1928）

宁肯薄些， 但要好些

我
　不喜欢书：
这种书
　　　意义不大，
它们一旦
　　　　爬上书架，
就在那儿
　　　　把光阴打发。
这样的书
　　　　我受不了：
它们重磅，
　　　　压秤，
一身铜扣子
　　　　　金光闪耀，
以裁口喷金
　　　　　自傲。
时代的
　　　激昂的声波

在千万页里

　　　　　淹没——

对这种

　　　书的要塞，

我只得

　　　退避三舍。

依我看，

　　　这才是好书：

它的面孔

　　　　虽然瘦，

可是书页的

　　　　　弹夹里头

满装着

　　　一行行

　　　　　　火药和弹头。

我的要求是：

　　　　　把我的诗

印成

　　　雨点般的

　　　　　　小册子。

（1928）

舔　功

这种人
　　　一派斯文，
像肉冻似的
　　　　　并无定形，
他们当中的
　　　　　许许多多
今日
　　都能
　　　　步步高升。
彼得·伊凡诺维奇·保达拾金
才学浅陋，
　　　　又干又瘦，
发红的粉刺
　　　　　令人作呕，
肩上长的
　　　　不是人头，
　　　　　　　　而是手杖镶头。
这个果子

现在正受到
温情的首长
阳光照耀。
是何缘故？
有何诀窍？
我
正在经常思考。
他的
一生
一帆风顺，
我也不能
叫他失宠。
他的法宝、
他的天才
是一种
亲热的
舔功：
舔你的手，
舔你的脚，
舔你的腰，
连底下也舔到，
好像狗崽
舔母狗，
又像小猫

舔老猫。
舌头一伸
好几丈长，
随时随地
能紧跟首长，
滑溜溜的舌头
满是肥皂泡，
刮胡子
再不用肥皂刷子
来帮忙。
他赞美一切，
狂热非凡，
他的颂扬
达到了
想象的边缘：
您的资格、
您的官衔、
您的肠胃炎，
您的英勇、
您的豪爽、
您的鸡眼。
于是
他的官衔
也不断高升，

许多人
都把他
看作标兵。
不知何处
好像
几乎
授予了他
最高权柄。
一旦
缰绳
握在手上，
他就以舔的观点
统一
思想，
唾沫四溅地
向大家灌输：
“一定要
爱戴
首长！……”
我们瞧着，
不由得叹息：
呜呼！
这一帮
善舔之徒

是在如何

　　嘲弄民主，

而树立起

　　超级特级等级制度！

挥舞拖把，

　　从上到下，

应当来一次

　　大扫除，——

扫除一切

　　热心舔功的家伙，

以及一切

　　他们的热心的雇主。

（1928）

无事生非的人

彼得·伊凡诺维奇·唆罗金，
对嗜好
　　　冷得像冰。
既不抽烟，
　　　　也不喝酒，
一切恶习
　　　　和他
　　　　　　没有缘分。
只有一样嗜好
　　　　　　像河水泛滥，
不可阻拦，
　　　　直奔深渊——
他爱好
　　　挂在电话机上，
如同一个
　　　　耳环。
肚子里
　　　塞饱了

谣言的草料，
他高兴得
山羊似的
连蹦带跳，
跑去找
最初想到的
熟人，
急忙去
把新闻
报告。
老远老远
跑到你的家，
气喘吁吁，
嗓子嘶哑，
他能添上
几十斤作料，
要酸有酸，
要辣有辣。
握完了手，
就开场了：
“喂，小心笑断
你的肠子，
亚历山大·
彼得洛维奇·

和女秘书勾搭上了！
还有伊凡·伊凡内奇·节斯托夫——
本公司
　　　首席
　　　　　工程师，
出差很久，
　　　　一年都不止，
回家来看看妻子，
而那一口子——
　　　　　　　对不起，
马上就要
　　　　坐月子！
这下子
　　　准有好戏瞧！
顺便说说，
　　　　全市
　　　　　　都在传一件事……”
说到这里，
　　　　他掩住嘴巴，
脸都尖了，
　　　　好可怕呀！——
“据可靠消息……
　　　　　　　　省委……

把最后通牒

送交了

澳大利亚。”

他把这种

离奇消息

掺上口水，

和其他新闻

煮成大杂烩，

他迅速地

向大家

广播：

邻居煮汤

用什么调味，

谁家

吃的

什么菜谱，

谁有

谁没有

新的情夫，

而伊凡诺娃

手里的

提包

又是谁送的

一种

什么礼物。
如果
请教一下
这位仁兄，
他的
最大愿望
是哪一种，
他肯定会说：
“我愿
世界
变成一个
巨大的
钥匙孔。
让我钻进孔里
直到胸部，
馋涎欲滴，
难以收住，
看个不休，
看个不止，
看别人的
私事和床铺。”

（1928）

略论口味不同

马

一面说，

一面瞟着骆驼：

“这匹马

大得不像话，

还是个罗锅。”

骆驼

惊讶地回答：

“难道你是马吗？

你

不过是

骆驼有病长不大。”

唯有

白胡子上帝

心中有数：

这本是

不同类的

两样动物。

（1928）

从巴黎致函科斯特洛夫谈谈爱情的实质

科斯特洛夫[1]同志，
　　　　　　　　请原谅我，
（你素来为人宽厚，
　　　　　　　　心胸开阔，）
我把分配给巴黎的
　　　　　　　　一部分诗章
转用在
　　　　爱情主题上，
　　　　　　　　随笔挥霍。
请想象一下：
　　　　　　客厅里，走进来
　　　　　　　　　　　　一位娇娃，[2]
活像是
　　　　镶在狐皮、珠串中的
　　　　　　　　　　　一幅画。

① 当时是《共青团真理报》编辑。
② 参见下一首诗《给塔姬雅娜·雅可夫列娃的信》注。

我拉住她，
　　　　不管有理也罢，
　　　　　　　　无理也罢，
就发表了
　　　　如下一席话——
同志，我来自
　　　　　　俄国，
在国内还颇有名望。
我见过
　　　更美貌的女郎，
我见过
　　　更苗条的姑娘。
姑娘们
　　　谁不爱诗人？
　　　　　　　　我头脑灵活，
嗓门洪亮，
　　　　声震四座。
只要你
　　　听得入迷，
我总能
　　　信口开河。
可是我不会
　　　　　被贱货迷住，
也不会

因感情冲动

而被俘。

我已受了

爱情的

永久的创伤，

一瘸一拐，

勉勉强强挪着步。

我觉得

婚礼

难作爱情之尺。

她不再爱了，

那就随她消失。

同志，

对教堂的誓约

我给予的是

极度蔑视。

希望您别说笑话，

详细情形

也别追问了吧，

美人儿，我已经不是

双十年华，

而是三十岁——

还带点儿尾巴。

爱情

不在于沸腾到

一百度以上，

也不在于

燃烧得

像煤炭一样。

爱情不在于乳峰与云鬓，

而在乳峰之后，

在云鬓之上。

爱情——

意味着

钻到庭院深处，

一把银斧

手中挥舞，

早起劈柴

直到天断黑，

浑身的劲儿

像泉水涌出。

爱情——

意味着

从失眠揉烂的床单上

毅然跳起，

选定那哥白尼

作为自己

妒忌的对象，

而不把

　　　玛丽亚的丈夫

　　　　　　　　视作情敌。

对于我们

　　　　爱情不是

　　　　　　　　乐园的花丛；

你听，

　　爱情

　　　　在我们耳边嗡嗡，

证明冷却了的

　　　　　　心脏发动机

又已全力以赴地

　　　　　　开工。

您和莫斯科

　　　　　断了联系。

多少年头，

　　　　多少距离。

此情

　　此景，

我该如何

　　　　转达给你？

那里遍地灯火

　　　　　　与天相接……

数不清的星星

照亮了

暗蓝的夜。

要是我

不是一个诗人，

我但愿

以观星为业！

广场上一片喧声，

熙熙攘攘，

车马辚辚。

我一面走，

一面吟，

把诗句写入笔记本。

汽车

沿街疾驰，

却没有把我

撞倒在地。

真是聪明的司机——

看出了

这个人已

心醉神迷。

多少诗情啊，

多少想象

成群地围绕着我翱翔。

在这地方，

哪怕大笨熊
也会长出翅膀。
在某个
廉价的
大众食堂中，
“一句话”
终于烹调成功，
它像金灿灿的
新生的彗星，
飞出喉咙，
盘旋着
升向星空。
它舒展尾巴，
横扫天宇的
三分之一，
它全身羽毛
火一样燃烧，
光彩熠熠，
为了照耀那对恋人，
在丁香亭里
仰望星辰
绵绵情意；
为了唤起
视力衰退者，

把他们
　　鼓舞
　　　　和引导；
为了把
　　敌人的头颅
　　　　　　齐肩锯掉——
用这把
　　尾巴发光的
　　　　　　马刀。
我像约会时一样，
　　　　　耐心久等，
直等到心房
　　　　最后一次搏动，
我在倾听：
　　　它终将来临——
人的爱情、
　　　纯的爱情！
以不可阻挡之势
飓风、
　烈火、
　　　洪水
　　　　汹涌而至。
谁能对付？
　　　谁能抵制？

您能吗？

不妨请您试试……

（1928）

给塔姬雅娜·雅可夫列娃的信[①]

吻着你的手，

　　　　　你的唇，

在亲爱的人

　　　　　身体的颤抖中，

就连我的

　　　　共和国的赤色

也应当

　　　燃烧得

　　　　　　更猛。

我可不爱

　　　　巴黎的爱情：

任你用绫罗

　　　　　打扮哪个雌儿，

我不屑一顾，

　　　　　我打我的盹儿，

---

① 塔姬雅娜·雅可夫列娃生于1906年，1925年从苏联出国随父，留居巴黎。马雅可夫斯基于1928年在巴黎与雅可夫列娃相识并相爱，回国后继续用书信联系。

只喝声
"别动!"
止住这群
发情狗儿。
唯有你一个
和我身材相配,
站起来与我肩并肩,
眉齐眉。
请让我
把这个
重要的晚上
作一番
人性的描绘。
五点钟——
从此刻起,
人群的密林
万籁俱寂,
拥挤的城市
阒无人迹。
我只听得
开往巴塞罗那的火车
此呼彼应的
汽笛。
黑沉沉的空中

电在徜徉，
雷的怒骂
响彻了
天的剧场——
不，
不是大雷雨，
这不过是
妒忌，
在把山脉摇晃。
你别听信，
这些糊涂话
说不清楚，
你别害怕
晃动的烈度——
对这种
贵族后裔的
感情
我能用马勒
将它驯服。
情欲的疹子
会结痂脱落，
欢乐的泉水
却永不枯竭，
我将自然而然地

用诗说话，

长此以往，

说个不歇。

去他妈的妒忌、

妻子、

眼泪

之类的玩意儿！

别像韦伊[1]似的

哭肿了眼皮。

我并非自己妒忌，

我是为

苏维埃俄罗斯

而妒忌。

我见过

肩上补丁摞补丁，

肺痨

舔着人们，

叹息声声。

怎么办呢？

过错不在我们——

一亿人民

遭受苦痛。

---

① 韦伊是乌克兰传说中的精灵，眼皮长而下垂。

如今
　　我们爱护
　　　　　　这样的人，
体育
　　使一些驼背的
　　　　　　　　伸直了腰，
你到莫斯科去，
　　　　　　我们也需要，
长腿姑娘
　　　　很难找。
你的腿
　　　走过了
　　　　　　积雪的冬天，
你的腿
　　　跨过了
　　　　　　斑疹伤寒，
岂能在这里的
　　　　　　晚餐席间
把它们向
　　　　石油巨头
　　　　　　　　奉献？
你低眉沉思，
　　　　　天真地
　　　　　　　　眯着眼瞅，

你别犹豫，

　　　　别犯愁。

来吧，

　　来到我这双大手——

这双笨拙的手的

　　　　　　十字街头。

不愿吗？

　　　那你就留下，

　　　　　　　冬眠在此地。

这屈辱

　　　咱就和总的屈辱

　　　　　　　　串在一起。

不管怎样，

　　　　总有一天

　　　　　　　我要娶走你，

娶走你一个，

　　　　　或许

　　　　　　还捎带上巴黎。

(1928)

说的是故事，几乎是真事

主任挠着头，
怒火直冒：
“手表配一支
秒针
竟要八毛！”
公司一怒之下，
派人
采购秒针，
派出洋的
是浩浩荡荡
一支大军。
从波兰到智利，
东奔西跑真吃力，
磨尖舌头，
报告写了一大批。
(可就是
偏偏
不到瑞士去，
因为我们

不懂瑞士语。）

乘着汽车

东转转，

西跑跑，

买了领带

又买礼帽。

许多人

自己

不仅仅

解决了秒针，

还解决了手表。

钞票好比

遇到了龙卷风，

呼啦啦

送进了烟囱。

出国归来，

先往家里送皮箱，

再夹起皮包

去汇报情况。

至于那

小小的秒针儿，

从此后

涨到了一块二。

（1928）

1929——1930 年

他们和我们[①]

我用我的目光
　　　　　　向远方爬……
矮矮的森林
　　　　　铺向天涯；
我心坎里印下了
这一片
　　　西里西亚。[②]
边界在前。
　　　　波兰式的寂寞
卷起了
　　　越来越深的波澜。
秋雨凄凄，
　　　　波兰的泥地
变得又滑又烂。
地平线——

① 此诗作于赴法国、德国旅行归国后。

② 奥得河中上游地区，当时属德国（第二次世界大战后划归波兰）。

白色的雪野，
出现了
涅戈列洛耶。①
茫茫积雪间
乍见一棵青松，
该是多么
令人喜悦！
当然还有
小白桦树——
披着冰雪玲珑的
盛装华服，
在雪的
珠光宝气中
更显得光彩夺目。
我归心如箭，
飞向莫斯科，
越过这千里迢迢。
白俄罗斯——
贫瘠而赤裸，
在车窗外奔跑。
到站，下车。
熟悉的景象映入眼帘：

① 当时苏波边境上的一个铁路车站。

莫斯科
　　“白俄罗斯一波罗的海”车站。
这些挨刀的，
　　仿佛响应着
　　　　一个号召：
拼命挤，
　　使劲推，
　　　　到处吐痰！
看着都揪心！
坐上汽车
　　更坑人，
东边
　　一个洼，
西边一个坑。
兄弟们，我心中忧郁。
坑坑洼洼
　　在把我们揶揄。
我国
　　与法国……
唉，多大的
　　差距！
干活吧，
　　一边干，一边瞧，
坑坑洼洼

一个一个填好，
打碎
那些冷嘲，
停止
欧洲式的嗤笑。
打倒
在一旁看笑话的闲汉！
油光光的绅士，
滚蛋！
同志，
请往这边站，
把工人的
生活
拖出泥潭！

（1929）

巴黎女人

请你把
巴黎女人
想象——
脖子绕上珍珠链，
纤手闪耀钻石光……
可是你想错了！
生活
要严酷得多——
我的巴黎女人
是另一副模样。
她是年轻
还是年老，
我猜不出，
华丽而下流的环境
已把她磨光，
涂污。
她在饭店的
厕所

服务，
这是一家小饭店，
名叫
“大茅庐”。
喝饱了
布尔贡红酒，
你想轻松一下，
走一走。
该小姐
像一名
熟练演员，
把毛巾
送进你的手。
当你在
镜子前
照照脸上的小疱，
她殷勤地微笑，
咧开脱皮的嘴，
给你扑粉，
给你喷香水，
给你递手纸，
给你拖干地上的水。
啊，酒肉食客们的
卑贱奴婢！

你像臭虫似的
日夜待在
厕所矿井里，
不见天日，
只为了赚五十生丁——
按行情折合
每个男人
付四个戈比！
我在水龙头下
冲洗着手，
呼吸着
化妆品的怪味儿，
实在难受。
我对小姐
难以理解，
我想告诉
这位小姐：
“小姐，
请原谅，
你的模样
可怜得很。
你就不可惜
在厕所里
毁掉青春？

莫非

我听到的巴黎女人

全是假话？

莫非

小姐你

不是巴黎女人？

你好像

有痨病，

一天天凋残。

穿着粗毛袜……

为何不穿

绫罗绸缎？

为什么

高贵的先生

不慷慨解囊，

给你送来

南国的

紫罗兰？”

小姐默然不语。

一阵阵喧闹

涨满了饭店，

压迫

我们头上的楼板。

这是在

巴黎女人

环绕中，

整个“诗坛山”

正踩着狂欢节的舞步

旋转，

旋转。

请原谅

这首诗

是咬着牙写出，

请原谅

这张纸

被臭水洼染污，

可是，

在巴黎

女人的处境

确实艰苦，

如果

女人

不肯卖身，

而愿意服务。

(1929)

美　人

（大歌剧院开幕有感）[①]

勉强钻进了晚礼服，
胡子刮得很合礼数——
我踱进
　　大歌剧院，
俨然像个
　　西班牙贵族。
幕间休息，
　　瞧瞧周围——
美人啊，人美！
我的脾气软化了，
一切都令人
　　心醉。
腰身——
　　高脚杯子。
指甲——
　　闪着光泽。

① “大歌剧院”四字原文是法文。

乌碧甘化妆品公司
把嘴唇染成玫瑰色。
眼睛——
　　　　描了四周，
涂得深蓝而青幽。
赤背——
　　　　透过薄纱
颜色好像鲑鱼肉。
长衣宛如
　　　　飞瀑泻地，
裙边
　　打扫着
　　　　　地板。
遇到这样的
　　　　　美人，
革命艺术家
　　　　　赶快靠边。
乍回首——
　　　　　　纤耳上
　　　　　　　　　钻石光闪闪；
身子调皮地
　　　　　一动弹——
银鼠皮下
　　　　酥胸上

露出珍珠成串。

身上穿的——

像轻飘飘的绒毛。

大气儿不敢出——

生怕把它吹跑。

在这儿，哪怕是头老海象，

也披着满身绉纱、

中国纱、

乔其纱，

如云如霞，

烟雾缭绕。

胸针上的宝石

发出光彩……

半裸体的衣服

向你招徕……

唉，

在这样的衣服之上

真应该……

添一个

脑袋。

（1929）

苏联护照

我要撕碎
官僚主义，
像狼一样狠。
对各种证书
毫无尊敬。
不论什么文牍，
叫它见鬼，
叫它滚。
唯一的例外是
这一份……
一名
彬彬有礼的
官员
巡视着
长长的一列
船舱
和包间。
人人交验护照，

我也

交验

我这本

红皮证件。

对某些护照——

他笑容可掬；

对另一些护照——

一副鄙夷的神气。

例如，见了

大英帝国的

两头卧狮，

接过护照时

就满怀敬意。

双眼紧盯着

慷慨的大叔，

同时不停地

点头哈腰，

正像

接过酒钱似的

接过了

美国人的护照。

仿佛是

读广告的山羊，

对着波兰护照

瞪眼，

好一副

警察的

厚皮笨相：

“哪来的？

什么？

波兰？

真是地理新发现！”

连转都不转

那颗包菜脑袋，

一点儿表情

都看不出来——

他不眨眼皮儿地

接过来

各种杂牌护照：

瑞典、

丹麦……

突然，

官员先生的

嘴

扭歪了，

好像

挨了火烧

开水浇。

这位
　　先生
　　　　接过了
我的
　　红皮护照。
拿着——
　　　　像拿着炸弹，
　　　　　　　　　像拿着刺猬，
像拿着
　　　风快的
　　　　　　双刃剃刀，
像拿着
　　　两米长的
　　　　　　　响尾蛇，
吐出二十条
　　　　　舌头，
　　　　　　　要把他咬。
搬运工
　　　意味深长地
　　　　　　　　向我眨眼：
给你搬行李
　　　　　不用收钱。
密探
　　不知所措地

望着宪兵，

宪兵

大眼瞪小眼

望着密探。

宪兵及其同类

互相意会：

若能把我

拷打、处决，

那该多美！——

就因为

我手拿的是

苏联护照，

上面有

刺目的镰刀、

扎眼的铁锤。

我要撕碎

官僚主义，

像狼一样狠。

对各种证书

毫无尊敬。

不论什么文牍，

叫它见鬼，

叫它滚。

唯一的例外是

这一份……

我从

宽大的裤袋里

掏出

无价之宝的

文本。

读吧，

羡慕吧，

我是一个

苏联

公民。

(1929)

记赫列诺夫谈库兹涅茨克工程和库兹涅茨克人

在五年计划期间，将有1000000车皮建筑材料运到此地。这儿将出现巨型冶金企业、巨型煤矿和一座数十万人口的城市。

——引自谈话内容

乌云
　　在空中奔驰，
雨水
　　把黄昏紧逼。
破旧的
　　　马车底下，
工人们
　　　躺着休息。
传出低微
　　　　而豪迈的说话声，
上面、
　　下面
　　　　只有水在听：

“再过四个
年头，
这儿
将出现
花园城！”
夜色如磐，
一片黑暗，
雨，粗得像
辫子一般。
工人们
坐在泥浆里，
松明
慢慢地燃。
嘴唇
冻得
发紫发青，
但嘴唇在低语，
异口同声：
“再过四个
年头，
这儿
将出现
花园城！”
阴雨连绵，

抽筋难熬，
潮湿的生活
实在糟糕，
工人们
坐在
黑地里，
嚼着
泡湿的
面包。
可是低声絮语
盖过饥肠雷鸣，
盖过
淙淙滴水声：
“再过四个
年头，
这儿
将出现
花园城！
这儿将要
连连放炮，
吓得狗熊匪帮
落荒而逃，
巨型的
煤矿公司

将打出矿井，
把地心开凿。
这儿将
冒出
无数
建筑物，
汽笛，叫呀，
直叫得
嗓子嘶哑！
我们将用
无数
太阳般的炼钢炉
烧红这
西伯利亚！
我们将
住上
好宿舍，
吃面包
也将取消限额。
荒郊野林
退到贝加尔湖东侧，
还将继续
步步后撤……”
工人悄悄的低语

在飞升，
压过那
黑压压的
乌云的羊群，
下面说什么，
却听不清，
只听得一句
“花园城”。
我知道
城市
定将出现，
我知道
花园
将百花缤纷，
因为在
苏维埃
国家
有这样的
人！

(1929)

喊出最强音

（长诗的第一序诗）[①]

可敬的

　　后代同志们！

当你们在已变成化石的

　　　　　　今日粪堆里

　　　　　　　　挖掘，

在我们昏暗的现代中探索，

说不定

　　你们也会

　　　　问起我。

说不定

　　你们的学者

面对一大堆疑案

　　　　显出他的渊博，

会说：确曾有过

　　　　一个歌唱开水的歌手，

他与生水为敌，

---

① 这首长诗原是打算写五年计划的，但仅完成第一序诗。

誓不调和。

教授，

请摘下您的眼镜——

双轮自行车！

关于时代

和自己，

让我自己说。

我是一名清道夫

和挑水工，

被革命征召，

动员，

离开贵族的

诗的花园，

上了前线。

他们的诗

是个刁娘们儿，

种个小花园儿玩玩，

大小姐，

小别墅，

又浪漫，

又舒服。

自己种的小花园，

自己喷水来浇灌。

有人用喷水壶喷出诗来，

有人更有本领，

含口水就可以喷，

例如美丽的米特利们，

伶俐的苦德利们，①

真他奶奶的鬼都分不清！

在墙脚下弹起曼陀铃来，

象流行病似的老不停：

“丁玲玲来，丁玲玲来，

丁……”

那算啥光荣，——

如果这种玫瑰丛中

有我的雕塑品高高耸立，

立在街头公园里，

那里有的是

梅毒和痨病，

流氓调戏着

妓……

宣传鼓动的差事，

其实我早已干够，

倒不如随手

给你们写写

浪漫诗，

---

① 指当时的青年诗人米特列伊金和库德列伊科等人。

更为有利可图，
也更优雅风流。
可是我
克制
自己，
踩住
我自己的歌的
喉咙口。
后代同志们，
请听吧，
请听头号大嗓门的
鼓动家！
我跨过
一堆堆的抒情诗集，
盖过
滔滔不绝的诗的喧哗，
作为一个活人
同活人对话。
我将来到你们
共产主义的远方，
但并不像
叶赛宁歌谣式的
乏骑士那样。
我的诗将来到，

越过世纪的层峦叠嶂，
越过无数诗人
和政府的头上，
我的诗将来到，
可是它并不像
爱神行猎射出的
诗之箭，
不像来到收藏家手中的
锈蚀的古钱，
也不像天外飞来的
熄灭了的星光。
我的诗
将用劳动
凿穿千载万年，
它将出现，
沉重，
粗犷，
摸得着，
看得见，
恰像奴隶们
凿成的大水道
从古罗马一直通到
我们今天。
在葬诗的

重重书冢里，

你们会偶然发现

诗的残剑断戟，

请你们

怀着敬意

摩挲它们吧，

就像摩挲古老

而威严的武器。

我不惯于

用言语

取悦耳朵，

让少女的纤耳

深藏在鬈发丛中，

我不想用半猥亵的玩意儿

把它羞红。

我把我的

书页的大军

全部展开，

我走过队前，

检阅

诗的队形。

短诗们立定脚跟，

重如铅块，

准备迎向死亡，

迎向不朽的光荣。
长诗们凛然不动，
炮口紧挨炮口，
黑洞洞的标题
瞄向敌丛。
骑兵尖刀连
昂然肃立，
这是我
最心爱的兵种，
高举磨尖的长枪——
韵律，
准备异军突起，
呐喊冲锋。
所有这些部队
武装得超过了牙齿，
二十年来
从胜利飞向胜利，
我把它们
直到最后一页
全部献给你——
我们整个行星上的
无产阶级！
雄伟的工人阶级
之仇

从来就是我的

不共戴天之敌。

劳苦的年头、

饥饿的日子

命令我们

在红旗下聚集。

我们翻开

马克思的

每一卷，

就像打开

家里的百叶窗，

放进光线。

即使不翻阅，

我们也已了然：

该在哪个营垒里

行进

和作战。

我们学习辩证法，

不是照搬黑格尔，

辩证法

带着刀枪的铿锵

闯进了诗歌，——

请看如今

我们把资产者

打得没处躲，

和过去的情况

正好倒了个个儿。

尽管让荣誉

去追随那些天才们，

犹如哀泣的寡妇

在出丧队里蹒跚而行；

战死吧，我的诗，

战死吧，作为一名列兵，

像我们的无名英雄

在冲击中成批牺牲！

我唾弃青铜——

沉甸甸的堆，

我唾弃大理石——

滑腻腻的坯；

我们都是自己人，

我们将平分荣誉，

就让那

战斗中建成的

社会主义

作我们

公共的

纪念碑。

后代们，

请检查词汇的泡沫：
从“忘川”的水底
会泛起
一些词儿的残屑，
例如“卖淫”、
“肺结核”、
“经济封锁”。
正是为了你们
健康而灵活，
诗人用宣传画的粗糙舌头
舔干净了
肺痨的
痰唾。
要是跟着年代的尾巴，
我会变成类似
大尾巴恐龙的
化石。
喂，生活同志，
让我们
加快步伐，
快走完
五年计划
剩下的日子。
诗句

没给我积蓄

一个卢布，

细木匠

没有把家具

送到我家里。

除了一件

洗干净的衬衣，

凭良心说，

我不需要别的东西。

我将来到

未来的

光明年代的

中央监委会，

在以诗营私者

和诗骗子之群的

头上，

我要像高举布尔什维克党证一样

高举起

我的一百本

党的诗集。

(1929—1930)

爱？不爱？
我折断我的双手
（未完成的诗之一）

爱？不爱？我折断我的双手
把掐下的手指
　　　　　　四处乱扔
五月里
　　　人们就是这样占卜
把路旁的野菊花撕得片片飘零
哪怕理发刮须发觉银丝缤纷
哪怕岁月之银
　　　　　　敲出稠密的钟声
我希望我深信我永远不会
让可耻的明智把我唤醒

（1930）

你大概躺下了……

（未完成的诗之二）

你大概躺下了时间已经一点多
深夜的天河像奥卡河银光闪烁
我不着忙何必用电报的闪电
把你唤醒把你打搅折磨
所谓刺激性事件带着辣味
爱的小舟已在生活中撞碎
我与你已经两讫何必细细开列
彼此间的伤痛委屈所受的罪
你看世界上多么肃穆静寂
黑夜用星星的贡品围住了天宇
此时此刻啊怎能不站起
对世纪对历史对宇宙倾吐心曲

（1930）

我知道诗的威力

（未完成的诗之三）

我知道诗的威力我知道诗的警钟
这不是谎言鼓掌欢迎的那一种
听到这种诗棺材会平地跳起
迈开四只橡木小脚向前猛冲
有时被扔进字纸篓未能排印出版
但诗却束紧马肚带飞驰向前
它响彻一切世纪而火车纷纷爬来
舔诗的手掌上的层层老茧
我知道诗的威力看起来算不了啥
凋落的花瓣踩在狂舞的鞋跟下
但是人用心灵用嘴唇用骨架

（1930）